EL NIÑO NUEVO

EL NIÑO NUEVO

ESCRITO POR Karen English

ILUSTRADO POR Laura Freeman

Clarion Books

Houghton Mifflin Harcourt · Boston · Nueva York

Clarion Books es un sello editorial de Houghton Mifflin Harcourt Publishing Company.

hmhbooks.com

Para el texto se utilizó Napoleone Slab.

La Biblioteca del Congreso ha catalogado la edición tapa dura como:
Nombres: English, Karen, autora | Freeman, Laura (ilustradora), ilustradora.
Traducido del inglés por Aurora Humarán y Leticia Monge.
Título: El niño nuevo / escrito por Karen English; ilustrado por Laura Freeman.
Descripción: Boston; Nueva York; Clarion Books, [2017] | Serie: Crónicas de la Primaria Carver: libro cinco | Resumen: Gavin, un alumno de tercer grado, y sus amigos no saben bien qué pensar de Keops, su nuevo compañero de clase. No se parece a los demás niños ni actúa como ellos. Cuando desaparece la bici de Gavin, ellos piensan que Keops la robó, pero ¿lo habrá hecho él? — Provisto por la editorial. Identificadores: LCCN 2017003167 - ISBN 9781328703996 (tapa dura) Temas: | CYAC: Objetos perdidos — Ficción. | Amistad — Ficción. | Escuelas — Ficción. | Afroamericanos — Ficción. | BISAC: FICCIÓN JUVENIL / Personas y lugares / Estados Unidos / Afroamericano | FICCIÓN JUVENIL / Temas sociales / Amistad. | FICCIÓN JUVENIL / Historias divertidas | FICCIÓN JUVENIL / Temas sociales / Hostigamiento. | FICCIÓN JUVENIL / Temas sociales / Presión de los pares. | FICCIÓN JUVENIL / Lectores / Libros infantiles. Clasificación: LCC PZ7.E7232 New 2017 | DDC [Fic] — dc23 LC registro disponible en https://lccn.loc.gov/2017003167

ISBN: 978-1-328-70399-6 tapa dura
ISBN: 978-1-328-49797-0 tapa blanda
ISBN: 978-0-358-25199-6 tapa blanda en español

Fabricado en los Estados Unidos de América
DOC 10 9 8 7 6 5 4 3 2 1
4500804466

Para Gavin, Jacob e Idris

— K.E.

A Milo, un crítico honesto y un modelo paciente

— L.F.

∘ Índice ∘

Uno
El niño nuevo

Hay un niño nuevo en la Sala Diez. Al menos, Gavin cree que es un niño. Esta persona viste como un niño y lleva una camisa de niño, pero su cabello está recogido en dos trenzas africanas que cuelgan hacia atrás. Es delgado y bajito. Bueno, más bajo que Gavin. Tiene una mirada penetrante. Podría ser una niña, pero definitivamente lleva puesto un jean de varón. Así que es un varón, y ahora está sentado allí, mirando a su alrededor, con la barbilla apoyada sobre la palma de la mano.

Los alumnos terminan de colocar sus cosas en los casilleros y toman asiento para empezar con el tema del diario de la mañana, "Mi fin de semana". Gavin se pregunta: *¿Por qué el tema de los lunes es siempre "Mi fin de semana"? ¿A la señora Shelby-Ortiz realmente le*

interesan nuestros fines de semana? ¿No le alcanza con
pensar en su propio fin de semana?

La señora Shelby-Ortiz va hacia el frente de la clase. Si bien nadie está hablando, se coloca el índice sobre la boca y mira a su alrededor con una expresión alegre y radiante en la cara. *¡Ay, no!*, piensa Gavin. *Aquí viene otro de sus alegres anuncios en los que la única entusiasmada es ella.* ¿Tendrán cinco minutos más para los recreos? Eso sí que sería emocionante. Seguramente les informará que habrá un bufé de ensaladas en la cafetería o algo así. Su mamá se puso muy feliz cuando en su trabajo de la estación de tren incluyeron un bufé de ensaladas en la cafetería de los empleados. Habló sobre el tema durante semanas.

—Chicos, ¡hoy se incorpora un nuevo alumno!

Todos los ojos se dirigen hacia el niño que está sentado al lado del escritorio de la señora Shelby-Ortiz. Todos lo miran fijamente. Él los mira fijamente también. La señora Shelby-Ortiz le hace un gesto para que vaya al frente de la clase junto a ella. Lentamente, él se levanta de la silla y va hasta su lado. Se queda parado allí con una mirada inexpresiva y la barbilla levantada. *Una expresión rara*, piensa Gavin.

—Les presento a Keops Grundy. Se incorpora hoy a nuestra clase.

Gavin se queda sorprendido con el nombre. Jamás escuchó que alguien se llamara *Keops*. Pero sí suena como el nombre de un varón.

De inmediato, Deja echa la cabeza hacia atrás y frunce el ceño. Susurra:

—¿Qué clase de nombre es Keops Grundy?

Luego agita la mano para un lado y para el otro hasta que la señora Shelby-Ortiz la mira y le dice:

—¿Sí, Deja?

—¿Qué clase de nombre es Keops? —dice, sin más.

La señora Shelby-Ortiz parece sorprendida. Keops da un paso hacia adelante y dice con voz aguda:

—Keops es el nombre del faraón egipcio que hizo construir la Gran Pirámide de Guiza.

Deja frunce más el ceño y mira a Rosario, que está a su lado.

La señora Shelby-Ortiz dice:

—Ah... Alumnos, hemos visto las pirámides en el

libro que Erik trajo para compartir. ¿Lo recuerdan?

Los alumnos están en silencio. Gavin recuerda el libro, además ha visto un programa de tele sobre unas pirámides que están en algún lugar lejano. Luego el alumno nuevo vuelve a hablar con su vocecita de ratón.

—Keops fue, en realidad, el segundo faraón de la cuarta dinastía de Egipto.

—¡Qué interesante, Keops! ¿Qué tal si nos cuentas más sobre ti? —pregunta la señora Shelby-Ortiz con entusiasmo...

—¿Qué les gustaría saber?

La señora Shelby-Ortiz parece un tanto sorprendida. Le responde:

—Bueno, cuéntanos sobre tu anterior escuela y qué cosas te divierten, tus hobbies... Ese tipo de cosas. ¿Tienes hermanos?

—Si no le molesta, contestaré primero la última pregunta.

Algunos niños se miran entre sí.

—Claro —dice la señora Shelby-Ortiz.

Keops se aclara la garganta.

—Bien, no tengo hermanos. Soy hijo único. Tampoco vivo con mi mamá. Ella es artista y vive en una colonia de artistas en Nuevo México.

Gavin ve que Nikki se ha quedado con la boca abierta. Parece sorprendida.

—Así que vivo solamente con mi padre. Mi hobby es la lectura. Me interesan todos los temas. Me gusta pensar. Eso es lo que hago para divertirme.

La señora Shelby-Ortiz avanza unos pasos.

—¿Y tu anterior escuela? ¿Nos puedes contar sobre ella?

—He ido a diez escuelas —dice con una ceja levantada—. Mi favorita fue la última. Era una escuela para genios. Todos los alumnos de mi anterior escuela eran genios.

Llegado este punto, Keops mira a los compañeros de Gavin como si estuviera decidiendo si cada niño es o no un genio. Sus ojos se detienen en Gavin unos segundos adicionales.

—¡Vaya, vaya! —exclama la señora Shelby-Ortiz—. Una escuela para genios. Confieso que jamás he escuchado sobre una escuela así.

—Bueno, pero es cierto —dice Keops—. Si no me

cree, puede llamar a mi anterior escuela y preguntarles a ellos. Ellos le dirán. Ah... y nací en Suecia, y ni siquiera hablaba inglés cuando llegué a este país.

—Ah —dice la señora Shelby-Ortiz—. Eso no será necesario, Keops. No es necesario llamar a tu anterior escuela.

Gavin da una mirada a su alrededor. Deja tiene el ceño todavía más fruncido. Más alumnos muestran el desconcierto en su rostro.

—Hmmm... Una escuela para genios —repite la señora Shelby-Ortiz. Ella comienza a recoger los libros y el material que él necesitará. Coloca el material en los brazos de Keops y le indica que ocupe el lugar vacío que está al lado de Gavin.

—Gavin, levanta la mano así Keops sabe dónde sentarse.

Gavin levanta la mano. Keops se da vuelta y lo mira otra vez. Luego, se encoge de hombros y se dirige hacia la mesa. Gavin intenta ignorar a Keops mientras él coloca sus libros y el diario sobre su escritorio y coloca sus dos lápices nuevos, recién afilados, sobre el escritorio. Los alinea, con cuidado, uno junto al otro.

Gavin vuelve a su diario y nota que Keops ha

abierto su propio diario y, sin dudarlo, ha comenzado a escribir y a escribir como si ni siquiera tuviera que pensar primero ni hacer pausas para pensar un poco más.

Debe de haber tenido un excelente fin de semana, concluye Gavin. El suyo no fue muy emocionante. Su hermana mayor, Danielle, quien se cree genial porque por fin es adolescente, lo delató por meter debajo de la cama los zapatos, el pijama, el jean sucio y los calcetines, para luego decir que su cuarto estaba limpio. También les contó a sus padres que llevó las últimas Oreos a su cuarto para comer antes de la cena y que estaba jugando con los videojuegos en lugar de leer como se suponía que debía hacer. *¡Qué soplona!*

Todo porque él la había delatado por llevar el teléfono al desayuno y por estar mandando mensajes debajo de la mesa.

Así que tuvo que limpiar su cuarto y leer durante una hora antes de poder salir a lanzar unos tiros, jugar con su nuevo videojuego o montar su flamante bicicleta nueva para ir hasta la casa de su amigo Richard. Es una BMX plateada y azul. Desde que la recibió como regalo de cumpleaños, la pone afuera del garaje para poder mirar por la ventana y, mientras la contempla, pensar: *Esa es mi bici.*

Mientras lucha por escribir todo esto en su diario, continúa escuchando los rápidos trazos del lápiz de Keops en su propio diario. Es casi como si el lápiz de Keops no pudiera ir al ritmo de sus pensamientos. Gavin le echa una mirada. Está encorvado sobre su escritorio con una mirada tensa en el rostro. ¿Qué estará escribiendo?

● ● ●

—Es raro —dice Richard mientras él, Gavin y Carlos van caminando hacia la cancha del cuatro cuadras. Carlos tiene la pelota y va adelante de Richard y Gavin, driblando mientras camina.

—Muy raro —coincide Gavin.

—Y no creo que haya ido a diez escuelas. Eso significaría estar cambiando de escuela todo el tiempo.

—Sí —dice Carlos por sobre el hombro—. Está mintiendo.

Los tres chicos miran a Keops, quien está sentado en un banco, leyendo un libro. ¡Un libro! ¿Quién lee un libro en el recreo?

Los lunes tienen ciencias al final del día, luego de matemática. Esta semana, los alumnos de la Sala Diez están trabajando en sus sistemas solares hechos con bolas de poliestireno, cuerdas, palitos para pinchos y perchas de diferentes tamaños. Puedes elegir entre colgar las bolas de una percha o colocarlas en los pinchos. Todos están entusiasmados. A los alumnos les encantan las actividades prácticas que hacen en ciencias.

La señora Shelby-Ortiz vuelve a repetir las reglas relacionadas con la seguridad. Es algo aburrido que hace siempre que están trabajando con materiales: No luchen con los pinchos como si fueran espadas y tengan cuidado con ellos porque podrían lastimarse con las puntas afiladas. Cuidado al pintar las bolas de poliestireno (si se equivocan, no se puede corregir).

—¿De qué color pintarán la Tierra? —los desafía ella, como para ponerlos a prueba.

—Casi toda azul por el agua, con algo de marrón para la superficie terrestre —dice Antonia sin levantar la mano ni esperar a que le den la palabra. Gavin nota que Keops mira a Antonia con el ceño un poco fruncido y se pregunta qué está pensando. Keops mira de reojo.

—¿Y la bola de poliestireno más grande?

—Amarilla para representar al Sol —responden varios alumnos.

De repente, Nikki larga un chillido. Salta tan rápido que su silla se da vuelta.

—¡Una araña! —grita mientras, por algún motivo, se aferra a su propia garganta. Algunas niñas reaccionan de la misma forma: saltan y empujan sus sillas hacia atrás.

—No tengan miedo —dice con calma la señora Shelby-Ortiz—. No les hará daño.

—Pero señora Shelby-Ortiz —dice Deja, defendiendo a su amiga—, podría ser una araña venenosa.

—La mayoría de las arañas son inofensivas —explica Keops a la clase, si bien nadie se lo ha preguntado.

—La araña violinista... no lo es. ¿Has escuchado hablar sobre la araña violinista? —replica Rosario.

—También se la llama araña reclusa parda, y por supuesto que he escuchado hablar sobre la reclusa parda —dice Keops con naturalidad.

—Su picadura puede paralizarte. No podrás caminar ni siquiera hablar —afirma Rosario.

Ante este comentario, Keops esboza una sonrisa.

—Puede hacer que se te caiga la piel —exclama Richard.

—No, no es verdad —responde Keops.

Algunos niños se ríen. La señora Shelby-Ortiz, quien ha estado observando este intercambio, va hasta el escritorio de Nikki y pregunta:

—¿Dónde está la araña?

—Se escapó —dice Nikki.

—Bueno. Volvamos al trabajo. Va hasta la pizarra y dibuja un círculo. En el centro, escribe *Sol*. Dibuja nueve óvalos concéntricos alrededor de él. Luego hace pasar a la pizarra a los alumnos, uno tras otro, para que dibujen un planeta en uno de los óvalos para que se vea su tamaño y su cercanía al Sol. Todos están ansiosos por hacerlo. Todos los niños de la clase de la señora Shelby-Ortiz adoran dibujar en la pizarra blanca.

Una vez que el sistema solar está terminado y todos lo contemplan con orgullo, Keops levanta la mano.

—¿Sí, Keops? —dice la señora Shelby-Ortiz.

—Señora Shelby-Ortiz, ese sistema solar sería mucho más interesante si pusiéramos a Plutón en la octava posición desde el Sol porque a veces Neptuno ocupa el noveno lugar en relación con el Sol. Verá, la órbita de Plutón alrededor del Sol es elíptica, y a veces, cuando cruza la órbita de Neptuno, está más cerca del Sol que Neptuno. Eso ocurrió por última vez en 1979 —agrega.

La señora Shelby-Ortiz sonríe como si ya lo supiera, pero no hubiera querido complicar las cosas.

Para entonces, muchos niños miran a Keops atentamente. Bastante desconcertante había sido saber que Plutón ni siquiera es un planeta común. Que se trata de un *planeta enano,* es decir, que es demasiado pequeño para ser un planeta común. Ahora debían imaginarse a Neptuno sustituyéndolo en las órbitas.

—Muy bien, Keops. Me has sorprendido —dice la señora Shelby-Ortiz, y él parece todavía más engreído.

DOS
Luego de la escuela

No me cae bien Keops —dice Carlos luego de la escuela mientras el grupo, Carlos, Calvin, Richard y Gavin, camina hacia la tienda del señor Delvecchio. Allí van casi todos los días a comprar golosinas y papitas.

—Es un sabelotodo —dice Richard.

—Además, nunca he escuchado hablar sobre una escuela para genios —agrega Gavin. Luego piensa que si existiera tal escuela, él, Gavin, probablemente no iría allí. Sabe que no es un *genio*. Aunque tal vez podría aprender a serlo. ¿Será posible? ¿Se puede aprender a ser un genio?

● ● ●

Gavin tiene una golosina en el bolsillo de su chaqueta cuando sube los escalones del porche de la puerta principal. Si Danielle descubre que tiene una golosina, se lo contará a su madre, y su madre le dará un sermón sobre los efectos dañinos del exceso de azúcar y le repetirá que cuando quiera algo dulce, debe comer una manzana o una naranja para satisfacer las ganas de comer algo dulce. Cuando su madre habla así, él debe hacer de cuenta que realmente está escuchando hasta que ella termina, pero sabe que no reemplazará una golosina por una manzana. De ninguna manera.

Mientras se dirige hacia la cocina a buscar un vaso de jugo (aunque su madre preferiría que tomara agua), nota la maleta de su tía abuela Myrtle al pie de la escalera. Nuevamente ha venido de visita. Esta vez se ha lastimado la espalda, y otra vez su tío abuelo Vestor se va a la Convención de Barberos Armonizadores. Ya le habían contado todo la noche anterior, pero de alguna manera había elegido olvidarlo. Hasta ahora.

De pronto, allí está Danielle parada en la puerta de la sala con los brazos cruzados.

—¿La maleta de la tía Myrtle? —pregunta Gavin—. Pensé que llegaba mañana.

Si bien es la tía del papá de Gavin (es decir, la tía abuela de Gavin), toda la familia la llama tía Myrtle.

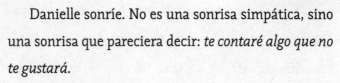

Danielle sonríe. No es una sonrisa simpática, sino una sonrisa que pareciera decir: *te contaré algo que no te gustará.*

—Ya ha llegado.

—¿Dónde está? —dice Gavin mientras mira alrededor.

—Arriba, en el cuarto de huéspedes.

—¿Ya?

—Sip.

—¿Y Carlotta?

Carlotta es la perra de la tía Myrtle.

—En la residencia canina.

—¿Por qué no la trajo?

La sonrisa de Danielle se hace más grande y ella dice:

—No quería que corriera el peligro de perderse. Como la última vez.

—¡Pero yo la encontré!

—Como sea. Bueno, ella necesita que subas su maleta al cuarto de huéspedes.

—¿Por qué no puedes hacerlo tú?

Danielle hace un chasquido con los dedos y un movimiento desafiante con la cabeza.

—Porque es un trabajo para varones —dice ella.

Gavin suspira y toma la maleta por el mango. Es sorprendentemente pesada, por lo que debe arrastrarla escaleras arriba. Cuando la lleva rodando al cuarto de huéspedes, va resoplando y jadeando.

Su tía abuela Myrtle —o TAM, como le gusta a él llamarla— está sentada en la cama con una bata floreada y con una especie de gorro en la cabeza.

—Hola, tía Myrtle —dice él—. ¿Cómo estás? En realidad, no quiere saberlo, pero está tratando de ser amable. No quiere que ella lo acuse de ser grosero.

—Gavin, ¿puedes entreabrirla? —dice ella, señalando hacia la ventana que está al otro lado del cuarto. Estoy a punto de derretirme.

Gavin se dirige hacia el lugar, toma las dos manijas que están en la parte inferior del marco y jala. Pareciera estar trabada. Jala con más fuerza y finalmente la abre de un tirón. Se aleja y se vuelve hacia TAM. En lugar de una sonrisa amable, ella tiene el ceño fruncido.

—Ay, ¡por Dios! ¿Quieres que me congele? La has abierto demasiado.

Luego de volver a jalar y estirar, Gavin logra bajarla. Mira por sobre el hombro para ver si está bien. TAM mueve la cabeza lentamente, de un lado al otro.

—Ahora parece que quisieras que el cuarto se convirtiera en un horno...

Gavin suspira y logra levantar el cristal tan solo unas pulgadas.

—¿Así está bien? —pregunta.

Ella se encoge de hombros.

—Digamos que sí.

Él vuelve a suspirar, pero no muy fuerte para que ella no lo escuche. Suspira para sus adentros.

TAM da unas palmaditas sobre la cama.

—Ahora, ven y cuéntame qué has estado haciendo.

Gavin no quiere sentarse al lado de TAM y contarle

qué ha estado haciendo. Quiere ir a la cocina y comer algunas papitas antes de que su madre regrese a casa de su trabajo en la estación de tren. Él quiere relajarse, pero se sienta a los pies de la cama y espera.

—Bueno, ¿y cómo andas?

—Bien —dice él.

—¿Qué tal la escuela? —pregunta ella mirándolo fijamente.

—Bien —dice él.

—¿Tienes buenas notas?

—Ajá.

—¿Cuál es tu materia favorita?

—Ciencias.

—Hmmm... Ve a traerme una rica taza de té, por favor.

—Sí, tía Myrtle.

Recién suspira nuevamente cuando está del otro lado del cuarto de huéspedes. Ahora su merienda se retrasará más aún, es decir que se retrasará su tarea, es decir que también se retrasará el permiso de su mamá (quien llegará a casa en cualquier momento) para ir en bici a la casa de Richard después de la tarea.

Va hacia la cocina para poner la tetera sobre la hornilla, y allí está su madre, con una bolsa de comida. Ella busca en la bolsa, saca una manzana y la enjuaga bajo el agua del grifo.

—Aquí tienes —dice ella y se la entrega.

Él mira la manzana que tiene en la mano y trata de no fruncir el ceño.

—Ah, Gavin —dice luego su madre—. Ve a ver si la tía Myrtle necesita algo.

Otra vez, Gavin suspira internamente. Se le ocurre una picardía.

—Ya sé qué necesita —dice—. Quiere una taza de té.

—Bien, yo me encargaré. Su madre enciende la tetera y toma un tazón del armario. Mientras ella está parada al lado de la estufa y empieza a revisar entre una pila de cartas, Gavin logra sacar del armario el paquete de galletas con chispas de chocolate y saca con disimulo tres, que desliza en su bolsillo. Regresa el paquete al armario y sale de la cocina casi en puntillas de pie.

—Espera —dice su madre.

Él se detiene. ¿Lo habrá visto? Ella toma la manzana que él dejó sobre la cubierta.

—Has olvidado tu manzana.

Gavin toma la manzana y finalmente abre con cuidado la puerta del porche posterior. Se sienta en el escalón más alto y mira su nueva bicicleta mientras come sus galletas.

Adora esa bicicleta plateada y azul. Es la mejor, la más hermosa bicicleta que ha visto en toda su vida. Bueno, quizás no es la más hermosa del mundo, pero es la más hermosa para Gavin.

● ● ●

Luego de un rato, se pone de pie, regresa a la cocina y coloca la manzana en el frutero con las demás manzanas. Se acomoda en la mesa para comenzar con la tarea. No quiere arriesgarse a hacerla en el cuarto. Debería pasar por el cuarto de huéspedes para llegar ahí, y la tía Myrtle podría verlo y se le podría ocurrir alguna otra cosa para pedirle.

Tres
Ahí viene la brigada de las bicis

Este es el plan: él, Richard, Carlos y Calvin irán en bici a la escuela al día siguiente. Cada uno de los niños ha prometido a sus padres que llevarán puesto el casco.

Todos tuvieron que prometer que irán por calles laterales tranquilas y no por las calles de mucho tránsito. Gavin jamás ha ido a la escuela en bici. Le cuesta contener la emoción.

● ● ●

A la mañana, Gavin sale sigilosamente de su cuarto y pasa en puntillas por el cuarto de huéspedes; espera que la tía Myrtle no lo escuche. Está ansioso porque comience el día. Lo último que necesita en la vida es que lo interrogue TAM sobre las tareas y la escuela y si ayuda y cómo le va. Mucho menos quiere tener que hacer otra vez eso de abrir y cerrar la ventana.

Entra silenciosamente al baño y con rapidez se lava los dientes y se pasa un cepillo por el pelo. Con la esperanza de que ella no llegue a oírlo, baja corriendo las escaleras, toma su almuerzo del refrigerador, devora un plato de Cheerios parado frente al fregadero y se dirige hacia la puerta posterior.

Pero su madre aparece en la puerta con los brazos cruzados.

—¿Adónde crees que vas? —pregunta ella.

—Ya hice mi cama, me lavé los dientes, me peiné, desayuné... *¡todo listo!* Nos reunimos todos en casa de Richard para ir juntos a la escuela en bici.

Nada que su madre pueda objetar.

—¿Tienes tu casco?

—Sí.

—No se te ocurra montar la bici sin casco.

—Bueno —dice Gavin, y se ajusta la mochila al hombro.

—Ven directo de la escuela a casa.

—Así lo haré.

Por fin, puede irse. Cruza la puerta rumbo a su adorada bicicleta plateada y azul de El Mundo de las Ruedas. La bici lo está esperando exactamente en el lugar en donde la dejó, afuera del garaje. Toma su casco, que está colgado del manillar, y se lo coloca. Se ajusta la mochila, se monta a la bici y, por fin, sale.

● ● ●

Ir en bici con sus amigos a la Primaria Carver es genial. Van por las calles más tranquilas, pero llegan a la escuela mucho más temprano de lo habitual. En verdad, eso no es lo que Gavin tenía en mente. Se había imaginado llegando cuando el patio estaba lleno de chicos que dejaban de jugar para darse vuelta y para observar a la brigada de las bicis. Pero solo hay unos pocos alumnos en el patio, y quizás solo dos o tres notan a Gavin y a sus amigos.

No está permitido andar en bici en el patio de juegos, por lo que todos deben bajarse y caminar hasta el rack de las bicicletas que está a un costado del edificio, al lado de la cerca del patio de la escuela.

Los amigos de Gavin sacan los candados de las mochilas y se preparan para encadenar sus bicis al rack. Recién en ese momento Gavin se da cuenta de que *¡ha olvidado el suyo!* Mientras los otros aseguran sus bicis al rack, Gavin se queda parado mirando su bella bicicleta plateada y azul.

—¿Qué ocurre? —pregunta Richard mientras guarda la llave de su candado en el bolsillo.

—Olvidé el candado.

—Guau —dice Richard. Frunce el ceño. Luego se vuelve al resto del grupo—. Chicos, Gavin ha olvidado el candado.

—Debería volver en bici a su casa y pedir que lo traigan a la escuela —sugiere Carlos.

—No. Si hace eso, llegará muy tarde —dice Calvin.

—Es preferible llegar tarde y no que te roben la bici —responde Richard.

—¿Crees que me robarán la bici? —pregunta Gavin.

—Creo que quienes pasen pensarán que la bici está encadenada —dice Calvin—. O quizás alguno de nosotros puede sujetar su bici con la de Gavin.

Los niños examinan sus candados.

—Son muy cortos—señala Carlos.

Gavin coloca su bici entre la de Carlos y la de Richard, esperando que todos supondrán que todas las bicis están encadenadas. Él y sus amigos caminan hacia la zona donde forma fila la Sala Diez. Gavin mira hacia atrás para ver su bici y siente un poquito de miedo. Luego se dice a sí mismo que no habrá ningún problema. Nadie robará su bici. Nadie se imaginará que no está encadenada.

○ ○ ○

Gavin se lo repite a sí mismo mientras guarda su lonchera y el casco en su casillero. Por suerte, es uno de los alumnos que pueden colgar sus mochilas en la silla. Algunos niños no tienen ese privilegio porque constantemente van a sus bolsos a buscar muñecos o golosinas. Esos son los alumnos que deben guardar sus mochilas en los casilleros.

Se sienta en su mesa y se fija en la pizarra blanca para ver el tema del diario de la mañana. Con alivio lee que es tema libre. Puede escribir sobre lo que quiera. Escribirá sobre su bici. ¡Sí! ¡Su bici! Piensa en su bici, ahí afuera, en el rack, plateada y brillante. Su bicicleta. Echa un vistazo al asiento vacío del extraño alumno nuevo y por un momento se pregunta dónde estará Keops. Entonces, se pone a trabajar en el diario de la mañana.

Hoy me siento muy feliz, Diario de la Mañana, porque luego de todo mi esfuerzo, me regalaron una bici nueva para mi cumpleaños. Estoy muy contento. Tuve que sacarme 100 en las pruebas de ortografía durante un mes. Tuve que evitar pelearme con mi hermana, Danielle. Y realmente es difícil no pelearse con ella porque a ella le gusta pelear y molestarme, y hacerme las cosas difíciles. Por ejemplo, me delata si no limpio mi cuarto del modo en que mi mamá quiere y me denuncia si llego a mirar un videojuego cuando se supone que debería estar leyendo. Ese tipo de cosas. Así que tuve que esperar mucho tiempo y no pelear. Además, tuve que hacer todas mis tareas sin que me lo recordaran. Sacar la basura, sacar los botes a la acera, hacer mi cama, poner toda la ropa sucia en el canasto, hacer mi tarea. Ah, y ahora debo ser amable con la tía Myrtle (es mi tía abuela y la llamo TAM, pero no cuando hablo con ella), quien se queda con nosotros hasta que regrese el tío Vestor de esa cosa suya, la convención de barberos. Hablando de todo un poco, ¿quién haría una convención de barberos cantores? Así que recibí mi bici y estoy muy feliz. La tendré para siempre y la montaré siempre. ¡Veo personas mayores en bici, en especial en el lago! Tendré mi bici para siempre.

La señora Shelby-Ortiz hace sonar la campanilla cuando llega el momento de detenerse y dice:

—Guarden sus diarios. —Gavin está desilusionado. Estaba esperando que la señora Shelby-Ortiz pidiera a algunos niños que compartieran lo que habían escrito. Quiere que toda la clase sepa lo que se siente por su bici. Ahora está esperando el recreo para poder ir a vigilar su bici. Para asegurarse de que su bici está todavía en el rack de bicis, *sin candado.*

Keops llega tarde mientras que la clase está en lectura silenciosa, y la señora Shelby-Ortiz está sentada en su escritorio calificando las tareas. Él guarda su lonchera y se dirige hacia su escritorio en la mesa de Gavin.

—Keops —dice la señora Shelby-Ortiz—. ¿Por qué has llegado tarde?

Keops, quien se acaba de sentar, se pone de pie para responder. *¿Por qué se pone de pie?*, se pregunta Gavin.

—El auto de mi padre se averió en el medio de Ashby, y tuve que caminar hasta aquí. No había salido con suficiente tiempo como para caminar. Salí con el tiempo justo como para que me trajeran en auto.

La señora Shelby-Ortiz pareciera estar conteniendo una sonrisa.

—Ya veo —dice ella. No dice ni una palabra más.

● ● ●

Por fin, suena el timbre. Gavin no ve las horas de que la maestra le permita a su mesa salir al recreo. Milagrosamente, llama a su mesa en primer lugar. Gavin y sus compañeros de mesa van hacia la puerta como soldados, forman una fila bien derecha y esperan a que llamen a las otras mesas. Luego todos deben esperar a que Richard recoja unos pedacitos de papel que hay en el piso, debajo de su escritorio. ¿Para qué tiene pedazos de papel debajo de la mesa?

Le lleva mucho, mucho tiempo limpiar. Gavin debe reprimir las ganas de hacer ruidos nerviosos con los pies, algo que probablemente no le gustaría a la señora Shelby-Ortiz. Solo debe quedarse parado y esperar.

Por fin, todos están en fila, y la señora Shelby-Ortiz hace salir a la clase con las mismas palabras de siempre:

—Caminen. No corran. Esta semana tenemos cuatro cuadras, y espero verlos allí cuando salga a la hora de formarse.

Así todos los días. *Todos los días* ella dice lo mismo mientras se pierden valiosos segundos del recreo. No bien Gavin está afuera, la clase va hacia un lado y Gavin va hacia el otro. Va rápidamente hacia el rack de bicis.

Allí está. Su bici. Luce como si estuviera esperando a su legítimo dueño, él, Gavin. No ve las horas de regresar a su casa en bici. Desearía ir y examinarla atentamente, pero está prohibido ir al rack de bicis durante el horario escolar, así que observa desde lejos. Por fin, su corazón ha dejado de latir con agitación, ahora que ha visto que su bella bici plateada y azul está todavía allí. Ahora puede ir corriendo a jugar, tranquilo.

○ ○ ○

Más tarde, cuando la señora Shelby-Ortiz les permite salir para almorzar, Gavin hace lo mismo. Sus compañeros van hacia la izquierda, hacia la cafetería o hacia las mesas del almuerzo, y él va hacia la derecha, para ir a mirar el rack de bicis. *Jamás volveré a dejar el candado en casa*, se promete. *Esto es muy estresante.*

Luego del almuerzo, el día se hace largo. Él verifica el horario. La salida parece estar a años luz. Piensa en su bici. ¿Su bici lo estará extrañando? Sabe que es un pensamiento loco.

Mientras todos los alumnos están en sus escritorios preparándose para matemática, la señora Shelby-Ortiz los ubica en pares para que practiquen las tablas de multiplicar. Keops se da vuelta hacia Gavin y lo mira fijamente. Lo que significa, supone Gavin, que será compañero de Keops. Saca su ficha del escritorio y adrede comienza con la tabla del siete.

Por supuesto, Keops sabe toda la tabla del siete. También la del ocho. Y la del nueve. Gavin no se

sorprende. Luego le toca el turno a él. Keops le pregunta a Gavin, pero Gavin responde casi todo mal. Para él, la más difícil es la tabla del siete. En realidad, solo sabe siete por siete y siete por diez.

Pronto llega el momento de la verdadera evaluación. La señora Shelby-Ortiz les dice a los alumnos que saquen una hoja, que escriban el encabezado y que numeren los renglones del uno al veinte. Keops lo hace con rapidez, luego comienza a hacer golpecitos con su lápiz sobre el escritorio, esperando. Gavin piensa, *escuela de genios*.

La señora Shelby-Ortiz comienza a enunciar problemas, y Keops parece escribir las respuestas sin siquiera tener que pensar. Él hace algo que le molesta mucho a Gavin. Cada vez que Keops escribe su respuesta, hace un ruido con el lápiz y mira a Gavin mientras Gavin todavía está tratando de pensar la respuesta. Gavin se pregunta por qué lo hace. Quizás es para mostrar que es un genio.

Gavin no tiene problemas con la tabla del cinco ni con la del dos, pero para el resto, debe adivinar con rapidez. Sabe que debe estudiar. *Más.*

No bien entregan las evaluaciones, Keops levanta la mano.

—Señora Shelby-Ortiz, hoy debo irme más temprano. Tengo cita con el dentista. Mi padre ya está aquí. Lo vi en el pasillo fuera de la oficina de asistencia.

La señora Shelby-Ortiz frunce el ceño.

—¿Por qué no has avisado?

Keops no le responde. En lugar de hacerlo, dice:

—Tengo una nota. Antes de que la señora Shelby-Ortiz pueda decir algo, se levanta de su asiento y se la lleva.

Ella desdobla la nota y la lee. Luego tuerce la boca hacia un lado como si estuviera pensando.

—¿Tú cambiaste la hora? —pregunta ella, bajando la vista hacia Keops—. Parece como si indicara que hay una cita a las tres. Tu cita. Pero está tachada y han escrito un dos encima.

—Lo hizo la recepcionista del dentista, no yo. Otra persona tenía el turno de las tres. Por eso ella tuvo que darme el turno de las dos. Y mi padre ya está aquí —se apura a agregar Keops.

—Pasa por la oficina y muéstrales la nota con tu turno.

—Lo haré —dice. Luego toma su mochila y sale rápidamente.

Cuatro
Salida, por fin

Por fin, por fin, *por fin,* suena el timbre de la salida, y la señora Shelby-Ortiz comienza con su rutina habitual de buscar una mesa que esté "lista". La Mesa Tres, donde se sienta Antonia, supera a la mesa de Gavin, y se forman en la puerta en primer lugar. Luego la señora Shelby-Ortiz mira atentamente al resto. Luego llama a la mesa de Carlos. Lo único que puede hacer Gavin es mantenerse firme y quieto como un soldado detrás de su silla. Inspira profundamente y espera.

La siguiente es su mesa, entonces él camina con rapidez hasta la fila que está en la puerta. No pueden salir hasta que todos estén formados, y Rosario está demorando a todos porque no cierra la boca. Está en medio de una pelea con Beverly por su lápiz Hello Kitty.

Beverly dice que ella le había *prestado* el lápiz a Rosario, y Rosario dice que Beverly se lo había *regalado*.

La señora Shelby-Ortiz va hacia su mesa, toma el lápiz de la mano de Rosario y lo guarda en el cajón de su escritorio.

—Están demorando a la clase. Mañana resolveremos esto.

En ese momento, Gavin siente ganas de abrazar a la señora Shelby-Ortiz. A veces, ella sabe exactamente qué se debe hacer.

—Pueden retirarse —dice por fin, y Gavin sale caminando con rapidez. Una vez que da la vuelta al edificio de la escuela, sale corriendo hacia el rack de la bici.

No bien lo ve, se detiene. Parpadea un par de veces. ¿Dónde está su bicicleta? ¿Dónde está su nueva y brillante bicicleta plateada y azul? Parpadea otra vez y camina lentamente hacia el rack de bicis. ¡No está! Richard y los demás vienen detrás de él. Los cuatro se quedan parados mirando el espacio vacío donde alguna vez estuvo la bicicleta de Gavin.

Richard pregunta lo obvio.

—¿Dónde está tu bici?

Gavin no puede hablar. Siente que se le cierra la

garganta. Debe tragar una y otra vez. No puede dejar de parpadear. Finalmente, reacciona:

—No lo sé. —Mira hacia ambos lados de la calle para ver si ve a alguna persona montada en su bici por error. Por la calle no hay nadie, por ninguno de los lados. Calvin, Richard y Carlos sacan el candado de sus bicis y cuelgan sus cascos en los manillares. El casco de Gavin cuelga de su mano. Él lo mira. ¿Para qué lo necesita? No tiene bici.

Parten rumbo a la casa de Gavin, caminando al lado de sus bicicletas para ser solidarios con él. Gavin casi no nota el gesto. Está en shock.

—Alguien me robó la bici —dice finalmente. Luego se queda callado durante todo el camino hacia la casa.

Richard rompe el silencio:

—¿Qué harás? ¿Le dirás a tu papá?

—Debo hacerlo. Se dará cuenta de que no la tengo.

—Tu papá se sentirá mal por ti, probablemente.

—No cuando se entere de que olvidé el candado. Dirá que fui irresponsable. Luego me dará un sermón sobre el dinero y ser descuidado y blablablá. —Gavin se cansa solo de pensar en el sermón que recibirá. Probablemente, también recibirá un castigo.

Una vez que llegan a su casa, los amigos se despiden con un saludo, se montan a sus bicis y se van. Gavin los observa. Luego enfila hacia la puerta principal. Sabe que Danielle está detrás de esa puerta en algún lugar. Una vez que ella perciba el descuido de Gavin, buscará a su madre, quien no trabaja los martes, y le dará la noticia. Quizás su madre sea comprensiva con él. Por lo general, ella es la más comprensiva. Pero Danielle estará preparada para ir a contarle todo el problema al padre tan pronto como él cruce la puerta. Y luego está TAM... No le cuesta mucho imaginar el largo sermón que ella le dará.

Va hacia la parte de atrás de la casa y se escabulle por la puerta trasera. Por supuesto, Danielle está sentada en la mesa de la cocina haciendo su tarea. ¿No podía hacerla en su cuarto? Está comiendo un sándwich de mantequilla de cacahuate y jalea mientras está encorvada sobre su libro de matemática. Se lame los dedos y mira a Gavin.

—¿Qué te pasa, Gavincín?

¿Cómo? ¿Es tan obvio? Él suspira. Decide que le conviene largarlo.

—Me robaron la bici.

Ella baja el sándwich. Abre los ojos. En lugar de dar un salto para ir con el cuento a su mamá, ella le pregunta:

—¿Qué *ocurrió*?

Parece sinceramente preocupada.

—Olvidé el candado. Así que no pude encadenar la bici al rack.

A Gavin le empieza a doler nuevamente la garganta y se le llenan los ojos de lágrimas. Se las seca con rapidez.

—Guau —dice ella. Frunce el ceño—. Qué problema. Bien, te soy sincera, probablemente te castigarán. Creo que estás en un gran problema.

¿Danielle está tratando de que él se sienta mejor o peor?

—Debes pensar cómo se lo dirás a ellos. Ella sacude la cabeza y le da un gran mordisco a su sándwich.

○ ○ ○

Cuando Gavin llega a la parte superior de la escalera, pasa por el cuarto de huéspedes en puntillas de pie, pero cruje la madera que está debajo de la alfombra.

—¿Eres tú, Gavin? —escucha.

En sus hombros, se puede ver su abatimiento.

—Sí.

—Ven así puedo verte.

Gavin no entiende qué quiere decir ella, pero hace lo que TAM dice.

—¿Qué ocurre? —pregunta TAM en cuanto él está parado frente a ella.

—Me robaron la bici. —Lo dice rápido para sacárselo de encima.

—¿Cómo ocurrió?

—Sin querer, dejé el candado de mi bici en casa.

Espera que ella lo reprenda, pero, para su sorpresa, no lo hace.

—Ay, Dios. ¿Qué dijo tu madre?

Gavin suspira otra vez.

—Todavía no se lo he dicho.

—Mejor sácatelo de encima. Ella está en el jardín. Ve. Es posible que sea comprensiva.

Sí, quizás ella será comprensiva, pero no su padre. Sin dudas él le dará un largo sermón sobre la responsabilidad, sobre prestar atención a lo que uno está haciendo y sobre no ser descuidado. Está en un gran problema.

● ● ●

Su madre está entrando por la puerta posterior y sacándose los guantes del jardín justo cuando Gavin entra a la cocina. Él se detiene y se queda parado ahí, mirando para abajo.

—¿Qué pasa? —pregunta su madre—. ¿Por qué tienes esa cara?

Gavin continúa mirando hacia abajo, buscando lograr la empatía de su madre.

—Suéltalo de una vez —dice ella sin rodeos.

Por algún motivo, es más difícil que contárselo a la tía Myrtle. Inspira profundamente y suspira otra vez.

—Me robaron la bici.

Su madre frunce el ceño como si no entendiera lo que él acaba de decir.

—¿Cómo?

—Alguien me robó la bici —dice Gavin, y luego comienza a llorar y a secarse los ojos al mismo tiempo.

—Siéntate —ordena su madre. Arranca una toalla de papel del rollo y se la pasa para que se seque las lágrimas—. Cuéntame desde el comienzo.

Él explica que recién cuando llegó a la escuela se dio cuenta de que no tenía el candado de su bici, y pensó que no sería un problema. Su bici estaba en su lugar en el recreo, y también estaba allí a la hora del almuerzo, pero a la hora de la salida, ya no estaba. Alguien se la había llevado.

En medio de su explicación, su madre comienza a sacudir la cabeza. Luego da un fuerte suspiro y sacude la cabeza nuevamente.

—Qué desastre —dice—. Deberás contárselo a tu papá. Llegará a casa dentro una hora más o menos. Ahora, ve a hacer tu tarea.

●●●

En la cena, Danielle lo observa. Gavin no llega a comprender si su rostro indica que ella está contenta por su problema o si siente pena por él. Pero no importa. Él decide contar todo.

—Me robaron la bici —dice Gavin. Luego tiene miedo de mirar a su papá.

Cuando finalmente lo hace, se sorprende al ver que su padre tiene el rostro calmo.

—¿Cómo ocurrió?

Gavin le cuenta lo mismo que le acaba de contar a su madre. Observa como su padre baja lentamente las cejas.

—No entiendo. ¿Olvidaste el candado? ¿Cómo?

—Lo que pasa es que íbamos todos en nuestras bicis, Calvin, Richard, Carlos y yo. Así que estaba emocionado y me concentraba en asegurarme de tener el casco y de ponérmelo, y...

Su padre le indica con la mano que pare de hablar.

—¿Tendrá otra bici? —pregunta Danielle con rapidez.

—No, no tendrá otra bici. Al menos, no por ahora. Sin embargo, podrá empezar a ahorrar de su mesada para comprar una.

Gavin frunce el ceño. Eso tardará un siglo.

—Estar sin la bici será un buen recordatorio sobre las consecuencias de ser descuidado —dice su padre.

Gavin baja la mirada.

—Ni siquiera hace falta castigarte —agrega su madre—. Probablemente será suficiente castigo ver a todos tus amigos con sus bicis.

—¿Entonces no lo castigan? —pregunta Danielle.

—¿Es tu problema? —pregunta TAM entrecerrando los ojos.

—No —responde Danielle en voz baja.

—Entonces ¿por qué no te ocupas de tus propios asuntos? —dice TAM, y Gavin siente ganas de abrazarla.

● ● ●

Al menos su mamá lo lleva a la escuela en auto al día siguiente para que no tenga que ir caminando solo ni ver como pasan sus amigos en bici. Llega antes que Richard, Carlos y Calvin y va directamente al rack de bicis para ver si se ha producido un milagro durante la noche. Quizás su bicicleta ha regresado y lo está esperando allí.

El rack está vacío excepto por esa horrorosa bici naranja que parece haber sido pintada con aerosol con un muy mal trabajo. Ni siquiera está encadenada. Gavin se da cuenta del motivo. Nadie querría llevarse esa cosa horrible.

Todavía la está mirando cuando aparecen sus amigos como la pandilla de motocicletas de tercero.

—¿De quién es esa bici? —pregunta Carlos, mientras baja de su propia bicicleta y la lleva hacia el rack. Calvin y Richard ya están encadenando las suyas.

—Sip, ¿de quién es esta bici? —pregunta Calvin.

—Qué fea es —dice Richard.

—Parece que la hubieran pintado con aerosol —agrega Calvin.

—¿Pero por qué ese naranja tan horrible? —pregunta Gavin.

—Se parece a tu bici, Gavin, si fuera plateada y azul —dice Richard—. El mismo asiento extra ancho y todo.

—Esa fue idea de mi mamá —explica Gavin a sus amigos—. Dijo que, a la larga, sería más cómodo.

—Los mismos rayos cruzados, además —nota Calvin—. Igual que la tuya. Excepto el color.

Gavin la estudia un poco más.

—Sí... —dice lentamente. Se parece un poco a su bicicleta.

—¿No sería gracioso si fuera realmente tu bici y que la persona que la robó pensara que con solo pintarla con aerosol engañaría a todos? —pregunta Richard.

Gavin se pregunta lo mismo. ¿Y si esa bici naranja fuera realmente su bici plateada y azul? *Pintada de naranja con aerosol.*

Pero antes de que pueda decir nada, suena el timbre para la formación y los cuatro se dirigen a la zona que le corresponde ahora a la Sala Diez.

● ● ●

Por algún motivo, la imagen de la bicicleta naranja se le aparece a Gavin en la cabeza durante la sesión de lectura independiente. Había algo en esa bicicleta. Parecía una BMX. Como la suya. Además, una BMX es una bici genial. ¿Por qué alguien la pintaría de naranja con aerosol a menos que estuviera tratando de cubrir algo? ¿Podría ser esa su bici? No, decide. Solo se está ilusionando.

En el recreo, mientras sus amigos van a la cancha del cuatro cuadras, Gavin echa una mirada al rack de las bicicletas. Puede ver la bicicleta naranja a la que ahora estudia más a fondo. Sí, tiene un asiento similar. Y los mismos rayos... Es, definitivamente, una BMX. Pero ese color naranja horrible... Frunce el ceño y se dirige hacia la cancha del cuatro cuadras. Nota que Keops está sentado en el banco en la zona de almuerzo, leyendo, como siempre. Gavin no entiende. ¿Por qué Keops está leyendo un libro? ¿No le gusta jugar? Quizás eso es lo que todos hacían en la escuela de genios. Gavin va hacia el lugar en que están sus amigos.

● ● ●

Más tarde, cuando están todos formados esperando a la señora Shelby-Ortiz, él le dice a Carlos, que está parado justo detrás de él, que tiene planes de averiguar de quién es la bici naranja porque está pensando que quizás podría ser... *la suya.*

Carlos abre los ojos.

—Yo también he estado pensando eso. Esa bici se parece a la tuya, solo que está pintada de naranja con aerosol. En serio. ¿Pero cómo lo harás? —pregunta.

—Ya se me ocurrirá algo.

○ ○ ○

Y se le ocurre algo. Justo antes de que suene el timbre para la salida, Gavin levanta la mano y pide ir al baño. Pone cara de desesperación y se contonea en el asiento.

—Por *esta* vez, puedes ir —le dice la señora Shelby-Ortiz—. Pero lleva tu mochila ya que estamos por salir. Entonces, ella decide que es un buen momento para dejarles un aprendizaje. Se para detrás de su escritorio, donde ha estado anotando las calificaciones de matemáticas, y dice:

—¿Quién puede decirme para qué sirven el recreo de la mañana y el del mediodía?

Sheila Sharpe levanta la mano con rapidez. La señora Shelby-Ortiz le da la palabra.

—Ambos sirven para que hagamos ejercicio porque los niños están engordando cada vez más porque no hacen suficiente ejercicio.

Algunos niños miran a Yolanda, quien tiene algunas libras de más. Yolanda frunce un poco el ceño y baja la mirada.

—Sí, todos necesitamos ejercicios, pero ¿para

qué más? —pregunta la señora Shelby-Ortiz.

—Para que podamos tomar nuestro almuerzo, y el recreo de la mañana es para los bocadillos —exclama Ralph.

La señora Shelby-Ortiz suspira porque él no ha levantado la mano antes, pero parece pasarlo por alto.

—Sí, y hay otro motivo —dice ella.

Antonia es la única que levanta la mano.

—¿Antonia? —dice la señora Shelby-Ortiz.

—También es para que nos ocupemos de nuestras necesidades en el baño.

—Tienes toda la razón, Antonia. Es una buena manera de decirlo —dice la señora Shelby-Ortiz, y parece un poco tentada de risa. Se vuelve hacia Gavin.

—Esta vez te permito ir, pero desde ahora, por favor, ocúpate de tus *necesidades* en uno de los dos recreos.

Cinco
El dueño de la bici
naranja es...

Por fin, arrastrando su mochila, Gavin sale mientras el resto de la clase limpia preparándose para el último timbre.

Se dirige directamente hacia el gran contenedor de basura que está a un costado del edificio principal. Desde un extremo del contenedor, tiene una buena vista del rack de bicis. Todo lo que debe hacer es mirar quién buscará la bicicleta naranja. Si hubiera esperado el timbre habitual de la salida, el dueño hubiera llegado al rack y se hubiera ido antes de que llegara Gavin.

Obviamente, muchos alumnos salen antes que los niños de la Sala Diez. Seguro la señora Shelby-Ortiz está haciendo que sus alumnos limpien antes de salir. Deben acomodar la biblioteca del rincón, llevar a la papelera de reciclaje los papeles que quedaron tirados en sus escritorios, asegurarse de que todas las piezas del mancala han sido guardadas en la caja y de que todos los marcadores de la lata del centro de la mesa tengan sus tapas colocadas. Cosas así de fastidiosas. Más fastidiosas cuando ya quieres que te dejen ir.

Por supuesto que Gavin reconoce las bicis de sus amigos. Y sabe cuál pertenece a Gregory Johnson (que está en quinto grado). Reconoce la bici del amigo de Gregory Johnson, Paul Michaels. Y la que pertenece a Thomas Murphy, otro chico de quinto.

Uno por uno, Gregory, Paul y Thomas van al rack, sacan los candados de sus bicicletas, se colocan los cascos y se van. Solo quedan las bicis de los amigos de Gavin y la espantosa bici naranja.

Gavin espera y se pregunta si alguien puede verlo. Se coloca detrás del contenedor hasta que escucha los pasos rápidos de alguien que se acerca al rack

de bicis. Alguien que pareciera estar apurado. Gavin se arriesga y espía. *¿Keops?* ¿Es Keops el dueño de la bicicleta naranja?

Hmm. Quizás Keops no se tenía que ir antes de la clase el día anterior porque tenía una cita con el dentista. ¡La cita con el dentista podría haber sido un engaño! Quizás Keops solo quería irse antes para poder llevarse la bicicleta de Gavin, que estaba sin candado.

Probablemente el mismo Keops cambió el horario de la cita del dentista en el papel. Necesitaba tiempo para tomar la bici y salir de allí antes del timbre de la salida. Fue *Keops. ¡El que robó su bici fue el niño nuevo!*

Ahora Keops se lleva la bici naranja del rack, se monta en ella y se va, *sin casco.* Por un momento, Gavin está azorado. Keops no tiene casco y no parece tener problemas con eso. Un momento... ¿los cascos no son obligatorios por ley? ¿No podrían arrestar a Keops por andar en bici sin casco? ¡Ja! Se lo merecería por ladrón. Espera que un oficial de policía vea a Keops y lo lleve a la cárcel.

Gavin sale desde atrás del contenedor de basura y, cuando Richard, Carlos y Calvin aparecen, él está caminando cerca de sus bicicletas.

—¿Por qué tardaron tanto, chicos?

Carlos refunfuña.

—La señora Shelby-Ortiz hizo un examen sorpresa de los escritorios y nos hizo sacar todas las cosas de los escritorios y poner todas las cosas nuevamente, de manera ordenada. Ah... y tuvimos que poner todos los papeles sueltos en la papelera de reciclaje, y Rosario encontró el adorno para el cabello por el que había acusado a Beverly, y luego tuvimos que escuchar el aburrido sermón sobre acusar injustamente a las personas.

—¿Y dónde está la bici naranja? —pregunta Richard.

—La tiene *Keops* —responde Gavin con naturalidad.

—¿Esa es la bici de Keops? —pregunta Carlos.

—No, es mi bici, pintada de naranja.

Gavin niega con la cabeza.

—No puedes estar seguro.

Gavin se da cuenta de que vacila. Luego dice con renovada certeza:

—Es una BMX como la mía y...

—Gregory Johnson tiene una BMX, y también su amigo Thomas. El que está en la clase del señor Willis —le recuerda Carlos.

—Sus bicis son mucho más grandes —responde Gavin.

—No *mucho* más grandes. Solo más grandes —dice Carlos—. Además, muchos chicos tienen bicis BMX.

Gavin se vuelve hacia Carlos.

—Pero no pintan sus BMX de color *naranja*. Es mi bici. Sé que lo es, aunque él haya tratado de disfrazarla. Sé que es mi bici y debo recuperarla.

—¿Cómo planeas hacerlo? —pregunta Richard mientras se pone el casco.

—Estoy pensando —responde él, y se da cuenta de que Carlos y Calvin también se han colocado los cascos. Pronto lo dejarán atrás e irá caminando a su casa solo. *Debe* recuperar su bici. Se le *tiene* que ocurrir un plan.

Gavin mira como sus amigos se alejan en bici. Entonces, justo cuando comienza a caminar por la calle hacia su casa, escucha un claxon detrás de él. Es su madre. Debe de haber decidido que no quería que él volviera caminando solo. Ella es así de sobreprotectora. Gavin suspira. Se le tiene que ocurrir algo. No puede permitir que ella lo recoja todos los días como si fuera un *bebé* mientras que sus amigos vuelven en sus geniales bicis. Suspira nuevamente mientras se sube al asiento trasero. Su madre se da vuelta y le sonríe como si él fuera su bebé.

● ● ●

Cuando la mamá de Gavin estaciona en la entrada, Gavin se sorprende al ver a sus amigos sentados en el porche del frente.

—Tienes tarea para hacer, Gavin, y estoy segura de que tus amigos también tienen tarea —dice ella mientras sale del auto—. No te demores.

Ella saluda a los chicos y entra a la casa.

—¿Qué ocurre? —pregunta Gavin.

—Tenemos un plan —dice Richard—. Para recuperar tu bici.

Gavin mira la ventana abierta y piensa en Danielle.

—Subamos a mi cuarto —dice.

Llevan sus bicis a la parte posterior de la casa y las dejan alineadas sobre el jardín antes de seguirlo por la puerta de la cocina.

Gavin lleva a sus amigos arriba. Carlos y Richard se echan sobre la cama, y Calvin comienza a jugar con el avión a escala que era del papá de Gavin y que ahora está sobre su cómoda.

—Ten cuidado con eso —advierte Gavin a Calvin.

—Haremos lo siguiente —dice Richard—. Recuperaremos la bici.

Silencio. Luego Gavin dice:

—¿Cómo lo haremos?

—Solo debemos descubrir dónde vive Keops y luego ver dónde está guardando tu bici —explica Richard—. Así que mañana yo lo seguiré a su casa, pero sin que se dé cuenta.

Por algún motivo, Gavin se siente intranquilo.

¿Cómo lo harás?

—Iré despacio, pero no lo perderé de vista. Ni

siquiera notará que estoy detrás de él. Luego, después de eso, podemos volver y tomar la bici, el sábado o cualquier día. Temprano.

—¿Pero cómo haremos para ir en bici y traer la bici también? —pregunta Calvin—. Serán muchas bicis.

Todos se quedan callados, pensando.

—Lo haremos Gavin y yo. Iremos el sábado temprano por la mañana —dice Richard—. Gavin, debes quedarte a dormir en mi casa.

Nuevamente, Gavin se siente inquieto. Luego piensa en su bici, toda pintada con ese horrible naranja.

—Bien. Trato hecho —acepta.

Sus amigos se van, y él está a punto de bajar para tomar un bocadillo antes de comenzar la tarea cuando la tía Myrtle lo llama. Gavin se acerca a su cuarto con miedo.

La tía comienza a hablar de inmediato.

—No pude evitar escuchar el plan que tienen tú y tus amigos para recuperar tu bici, y tengo una pregunta para ti.

Lo mira por encima de los lentes. Gavin nota que tiene un trabajo de bordado sobre el regazo. Su mamá a veces borda para relajarse, según dice ella.

—Dime, ¿qué te hace pensar que la bici de ese chico es tu bici?

—Sé que es mía —dice Gavin.

—Y lo sabes porque...

—Porque es la misma clase —BMX— y el mismo tamaño. Vienen en diferentes tamaños. También tiene ese asiento ancho que mamá me hizo comprar, y parece que hubiera sido pintada con aerosol de un color en el que no vienen las bicis. Y tiene el mismo tipo de rayos que son realmente especiales... Gavin se va quedando callado, al quedarse sin más parecidos.

—Bien, déjame que te pregunte algo —dice la tía Myrtle—. ¿Podría ocurrir que aunque todo eso fuera cierto, esa no fuera tu bici?

Gavin lo piensa bien.

—Es mi bici —dice al cabo de un momento, pero luego siente una pequeña duda en el fondo de su ser.

—Hmmm —dice ella—. Piénsalo. —Ella regresa a su bordado y Gavin finalmente puede irse.

La bici naranja está en el rack cuando Gavin llega a la escuela al día siguiente. Gavin se queda mirándola. Parece estar burlándose de él con su extraño color y el desprolijo trabajo de pintura que muestra algunos lugares más naranja que otros, como si hubieran hecho el trabajo a las apuradas. Parece una bici que alguien hubiera querido *disfrazar*. Carlos y Richard llegan en sus bicis. Los tres están allí, mirando la bici.

—Sip, es tu bici, correcto —dice Carlos asintiendo—. Estoy seguro.

—Recuerden: lo seguiré hoy luego de clases —agrega Richard—. Para ver dónde vive. Luego yo y Gavin podremos volver para recuperarla.

Gavin y Richard asienten. Luego Gavin recuerda lo que la tía Myrtle dijo, y le viene nuevamente ese sentimiento extraño.

Seis
Los pensamientos de TAM

El día comienza como cualquier otro jueves. Excepto que es el día en que Richard va a descubrir dónde está la bici de Gavin. Como suele hacer, Keops está escribiendo sin parar en su diario de la mañana, y Gavin se pregunta qué rayos podría estar escribiendo. Gavin escribe sobre la bici robada y cómo se sintió cuando se dio cuenta de que había desaparecido. Y lo difícil que fue creerlo al principio. Y como se había quedado mirando y mirando el espacio vacío en donde había puesto su bici esa mañana, porque el vacío no parecía real.

Pero ahora sabe que tiene una posibilidad de recuperarla. Siente palpitaciones por la emoción. No escribe eso en su diario, ni quién piensa que robó la bicicleta, ya que el culpable está sentado justo a su lado, con cara de inocente. A Gavin se le podría caer su diario matutino, y Keops podría tomarlo y ver su nombre. Así que Gavin no incluye el nombre de Keops. Él solo guarda el nombre de Keops en su mente. Sabe de quién sospecha, y todos sus amigos lo saben también.

● ● ●

Al terminar las clases, su madre está en el auto con el motor en reposo. Gavin piensa algo triste. ¿Y si su madre tiene que recogerlo y llevarlo siempre, hasta la secundaria? Supone que a muchos niños los llevan y los recogen sus madres hasta que tienen edad para conducir, pero de todas maneras, prefiere imaginarse montando su bici azul y plateada con sus amigos. Hasta que tenga un auto.

De pronto, Richard, Carlos y Calvin están a su lado, montando sus bicis.

—Te haré saber lo que averigüe —dice Richard—. Entonces podremos ir temprano el sábado a la mañana, bien temprano, y buscarla.

—¿Y si él sale y te encuentra? —pregunta Calvin.

—Por eso tenemos que hacerlo temprano, mientras todos duermen —explica Gavin, intentando sonar más seguro de lo que realmente está.

—Podrían descubrirlos. Tal vez su padre —dice Carlos, con los ojos muy abiertos—. ¿Y si la bici está encadenada?

—Todo va a salir bien —dice Richard—. Lo presiento.

—Ahí está —anuncia Carlos. Todos siguen la dirección que indica el dedo de Carlos para observar a Keops, que toma su bici del rack, la monta y se dirige a la calle.

—Nos vemos —dice Richard. Espera un instante, y luego va hacia la calle detrás de Keops. Bastante detrás.

Gavin se trepa al asiento trasero del auto de su madre y dice:

—Mamá, ¿puedo quedarme el viernes a la noche en la casa de Richard?

Él sabe que los sábados son días de trabajo en casa. Durante toda la mañana, él limpia su cuarto y barre el porche trasero y el porche del frente y hace todo lo que le dice su madre. Pero quizá solo esta vez...

—Ya veremos —dice su madre.

Eso le da esperanzas. Se siente aliviado de que sus

padres piensen que no tener su bici ya es suficiente castigo. Espera que sigan pensando de esa manera. Ahora recuerda cómo es quedarse en la casa de Richard y se pregunta si volverá a ser tan alborotado. Richard tiene tres hermanos revoltosos que siempre se están golpeando y discutiendo por la televisión o jugando a los videojuegos con el volumen alto.

● ● ●

Su madre tiene las compras en la parte trasera del auto, y cuando estaciona en la entrada, le pide a Gavin que la ayude a llevar las cosas a la casa. Si hay algo que Gavin odia es ayudar a llevar las compras a la casa. La segunda cosa que odia es guardarlas y comprobar que casi no hay bocadillos. No hay papitas ni golosinas ni pizzas congeladas.

TAM está en la cocina, sentada en la mesa con una taza de té. Su espalda se ha curado lo suficiente como para que ella pueda bajar las escaleras. *Tal vez ya se pueda ir a su casa*, piensa, y se reprende a sí mismo por pensar eso. No ha sido tan malo tenerla en casa estos días. De hecho, TAM le cae mejor ahora que cuando estuvo antes con Carlotta, su pequeña pomerania.

—Hola, tía Myrtle.

Ella asiente.

—Hola, Gavin.

Una vez que él ha puesto la comida en su lugar y su madre ha subido, TAM le dice:

—¿Y cómo estuvo tu día en la escuela? Ella lo mira por encima de los lentes, esperando.

—Bien.

—¿Estaba tu amiguito en la escuela?

Gavin frunce el ceño.

—¿Cuál amiguito?

—El que tiene un nombre extraño. ¿Kepo?

—Su nombre es Keops y, sí, estaba, pero en realidad no es mi amigo.

—¿Le preguntaste por tu bici? —pregunta ella mientras toma un sorbo de té.

—No, porque él solo diría una... —Gavin duda. Él recuerda a su madre contándole que cuando ella era pequeña, no le permitían decir la palabra "mentira". Ella debía decir "mentirilla" o "fábula"— ...mentirilla —dice Gavin—. Él dice mentirillas todo el tiempo. Cosas como que nació en Suecia y que solo hablaba sueco hasta que vino a este país y que ha ido a diez escuelas y que la última escuela era solo para genios. Vive solo con su padre. Probablemente esa parte sea verdad.

TAM ríe por lo bajo.

—Bueno, parece sin dudas un personaje interesante.

—Y un ladrón —agrega Gavin, pensando en el plan para recuperar su bici.

—¿Sabes qué creo? —pregunta TAM. Ella sonríe como para sí misma—. Creo que el pobre niño Keops tiene problemas. ¿Dónde está su madre?

—No tiene. Quiero decir, él dijo que ella se mudó a Nuevo México para ser artista. Ni siquiera le creo *eso*.

TAM sacude la cabeza lentamente.

—Esa es probablemente la única cosa verdadera que ha dicho.

Gavin tiene que pensarlo. Puede ser que TAM tenga razón, y eso le produce una extraña sensación, también. Pero Keops no puede tan solo ir y robarle la bici a una persona, pintarla con aerosol con un horrible naranja y fingir que es suya.

Siete
Cuentos y más cuentos

*B*ien. *Ya casi llega el fin de semana,* piensa Gavin mientras sale del auto de su madre el viernes y la saluda con la mano. Mira hacia el rack de bicis. Las bicicletas de sus amigos están allí. Y allí está la horrible bici naranja. Deberá encargarle a un profesional que la pinte para tapar ese color horrible. Cuando la recupere.

● ● ●

—Vamos a recuperar la bici de Gavin mañana —les dice Richard a Carlos y a Calvin cuando caminan en dirección a la cancha del cuatro cuadras en el recreo.

—Como les advertí, su padre podría descubrirlos —dice Carlos—. ¿Y si la bici está encadenada?

—No lo está. Él la guarda detrás de un gran

contenedor junto a su edificio debajo de un enorme pedazo de cartón —les informa Richard.

El grupo está en silencio. Piensan.

Luego suena el timbre para formar fila, y todos los que están en el patio de juegos se apresuran a ocupar sus lugares asignados en el patio de la escuela.

○ ○ ○

Durante la clase de estudios sociales, la señora Shelby-Ortiz habla sobre líneas de tiempo —líneas de tiempo personales—; explica que cada persona tiene la suya. Para mostrar lo que quiere decir, dibuja una línea en la pizarra y se vuelve hacia la clase con una sonrisa pícara, como si estuviera por contarles un secreto. Ella dirige la pregunta a Keops.

—Keops, ¿podemos usar tu información para nuestra línea del tiempo?

Keops sonríe, feliz.

—Claro —dice él.

La señora Shelby-Ortiz le pregunta su fecha de nacimiento, y Keops se la dice. Los alumnos se quedan en silencio por un momento, mientras intentan calcular si son mayores o menores que él.

—¿Lugar de nacimiento? —pregunta la señora Shelby-Ortiz.

—Suecia —dice él.

La señora Shelby-Ortiz comienza a escribirlo, pero se detiene.

—Ah... cierto. Suecia —dice lentamente.

—Sí —dice Keops con naturalidad.

—¿Cómo fue que naciste en Suecia?

No parece no creerle. Solo parece sentir curiosidad.

—Mi familia estaba allí viajando por una razón que es secreta. Por eso no puedo decirle por qué.

—¿Y cuánto tiempo viviste en *Suecia*?

—Hasta los cinco años.

—Entonces, ¿hablas sueco? —interrumpe Antonia. Ella revolea los ojos. Claramente, no le cree.

—Por supuesto que hablo sueco —dice Keops, que no suena para nada preocupado porque lo pongan a prueba.

—Di algo, entonces.

La señora Shelby-Ortiz observa este intercambio como si ella también quisiera que Keops dijera algo en sueco.

Keops continúa con un aspecto de total calma. De hecho, se pone de pie como si estuviera listo para enfrentar cualquier desafío y como si pudiera decir párrafos y párrafos para callar a los que dudan de él.

—Di tu nombre y cuéntanos si tienes hermanos —dice de pronto Deja.

Keops sonríe como si ese fuera un desafío muy fácil que puede resolver sin esfuerzo alguno. Toma una gran bocanada de aire, y sale una catarata de jerigonza de su boca. Gavin abre los ojos y mira alrededor. Los niños se miran entre sí, algunos a punto de estallar de risa y otros con las bocas abiertas, incrédulos. Incluso la señora Shelby-Ortiz mira hacia abajo como si quisiera que nadie la viera intentando no reír. Por fin, ella pregunta:

—¿Y cuánto tiempo dijiste que viviste allí?

Keops suspira.

—Llegué a este país cuando tenía cinco años. Como dije.

—¿Sabías hablar inglés? —exclama Ralph.

—Tuve que aprender inglés cuando llegué aquí.

—¿Por qué no tienes acento? —pregunta Deja, desafiante.

Keops se vuelve hacia ella y dice con calma:

—Tenía acento, pero me deshice de él.

La señora Shelby-Ortiz aplaude una vez.

—Continuemos —dice.

Gavin se da cuenta de que la mayoría de los niños de la Sala Diez todavía tienen preguntas. Imagina que unos cuantos tendrán muchas más preguntas para hacerle a Keops.

Al final, aparece en la pizarra una línea de tiempo detallada que representa la vida de Keops desde su nacimiento (en Suecia) hasta el día en que apareció en la Escuela Primaria Carver.

Pero antes de que se reparta el papel para que cada uno haga su propia línea de tiempo, Keops agrega algo más de información.

—Otra cosa —dice—. También resulta que tengo

sangre indígena. Y ya no nos parece ofensivo que nos llamen "indios". Y por eso llevo trenzas, porque soy en parte indio.

Ahora todas las niñas miran a Keops y a sus trenzas.

De nuevo, la señora Shelby-Ortiz mira hacia abajo como intentando esconder lo que piensa. Le pide a Nikki que reparta los papeles de 8½ x 14 pulgadas para que el resto de los alumnos pueda comenzar. Gavin no puede evitar mirar el papel de Keops, de cuando en cuando, y ve incluidos los eventos más fantásticos. *¿Escaló el monte Everest con su padre cuando tenía seis años?* Gavin sabe cuál es el monte Everest y que es la montaña más alta del mundo. ¿Quién podría creer en semejante cuento? Gavin observa el rostro de Keops. Tiene una sonrisa presumida mientras continúa registrando sus grandes momentos. *Cuando tenía seis años y medio, cantó ópera en...* Gavin no logra descifrar lo que sigue.

No cabe duda alguna.

Keops robó su bici. Cualquiera que pueda contar todos esos cuentos también debe de ser capaz de tomar lo que no es suyo. Por fin, Gavin está seguro.

● ● ●

La bicicleta está allí otra vez, la bicicleta naranja. Su bicicleta en el rack de bicicletas, colocada ahí por Keops. Gavin la observa un rato hasta que escucha el timbre que señala el fin del recreo. Suspira y se dirige hacia el área de la Sala Diez en el patio. Pronto, Richard y Calvin y Carlos se unen a él. Casi de inmediato, la señora Shelby-Ortiz cruza con el cuaderno en la mano hasta donde ellos están esperando. Ella no siempre lleva el cuaderno. Nunca sabes cuándo lo llevará y comenzará a tomar notas de tu comportamiento. ¿Están formados en silencio, manteniendo las manos junto al cuerpo, parados en el espacio que ella les asignó? Esta es la oportunidad para ganar o perder puntos para acceder a la bolsa de la señora Shelby-Ortiz a fin de mes y a la posibilidad de elegir un premio. Y en la bolsa no hay solo lápices y gomas de borrar. Hay marcadores y Hot Wheels y diarios para las niñas y Slinkys y un montón de otras cosas geniales.

● ● ●

El día transcurre con normalidad. Gavin, de tanto en tanto, echa un vistazo furtivo a Keops mientras él trabaja. Se ve muy seguro de sí. Siempre termina en tiempo récord y entonces saca un libro de su escritorio para leer por placer. Gavin mira el título: *Los siete animales más peligrosos del mundo.* Frunce el ceño. En la página hay algo con unos cuernos gigantes llamado "búfalo del cabo". Luego hay una medusa nadando en el agua con tentáculos que parecen letales. Keops observa la imagen y la advertencia de buscar ayuda médica tan pronto como sea posible si una te pica.

Gavin se estremece. Siente curiosidad y miedo al mismo tiempo.

Cuando suena el timbre de la salida, la señora Shelby-Ortiz llama a la mesa de Gavin para que se formen primero. Para empeorar aún más las cosas, Keops va directo a su casillero y toma un flamante casco de bicicleta. Se lo coloca y se ajusta la cinta a la barbilla.

Cuando la señora Shelby-Ortiz lo ve, se pone a hablar y hablar acerca de lo mucho que la alegra ver que Keops muestre responsabilidad al elegir usar casco de bicicleta, y lo importante que es entender que es necesario usarlo. Ella ha visto a muchísimos niños montando bicis sin casco. Y eso hace que se pregunte qué pasa con sus padres.

—Alumnos, el casco es esencial para proteger la cabeza. No quiero ver a nadie montando en bicicleta sin casco —en ese momento, se vuelve hacia Keops y dice en voz baja—: No necesitas ponértelo ahora. Puedes esperar hasta que montes tu bici.

Keops, con su nuevo casco puesto, y el resto de la mesa dos salen de la clase en silencio y derechos como soldados. Pero una vez que están afuera, todos corren en distintas direcciones, algunos festejando y gritando solo porque pueden hacerlo. Keops, por su parte, va directo hasta la bici de Gavin pintada con aerosol naranja y se sube. Gavin lo observa mientras se aleja en bicicleta.

● ● ●

—Mamá —dice Gavin en cuanto cruzan la puerta de entrada—, ¿has decidido si puedo pasar la noche en la casa de Richard hoy?

Danielle, camino a la cocina, entrecierra los ojos frente a él, y sospecha.

—¿Por qué? —pregunta—. ¿Por qué quieres pasar la noche en la casa de Richard?

—Porque me invitó.

—¿Y tus tareas en el hogar? Las tareas del sábado.

—Puedo hacerlas cuando vuelva a casa.

En ese momento, interviene TAM. Ahora ella pasa más tiempo abajo, en la gran silla reclinable del padre de Gavin, en la sala de estar, poniéndose al día con sus telenovelas.

—¿Y a ti eso por qué te incumbe? —le dice a Danielle por encima del hombro.

Danielle de pronto parece nerviosa. La madre de Gavin sonríe para sí. Si ella le hubiera hecho esa pregunta a Danielle, habrían discutido, pero Danielle nunca discutiría con la tía Myrtle.

—Tengo que hablar con la madre de Richard y ver si está todo bien —dice la madre de Gavin, lo que significa que la respuesta no es del todo "sí"... todavía. Pero está empezando a inclinarse hacia el sí.

Es un milagro que la mamá de Richard acepte, porque en lugar de tener a cuatro niños revoltosos, ahora va a

tener a cuatro niños revoltosos y a un quinto niño leve-
mente revoltoso... a veces. Gavin y su mamá entran al
auto, pero antes de salir hacia la casa de Richard, ella
repasa de nuevo las reglas para pasar la noche fuera de
casa: nada de hacer ruido; nada de juegos escandalo-
sos en la casa; a los adultos debe llamarlos "señor" y
"señora" (Gavin no entiende eso. Todo el mundo llama
a los adultos por sus primeros nombres. La mayoría de
las veces los adultos se presentan por su primer nombre); totalmente prohibido ir al refrigerador o al armario de la cocina, incluso con permiso de Richard; debe
guardar todos los juguetes, la ropa y la bolsa de dormir
cuando no los use. No seas un invitado que incomode
a las personas que lo invitan. Sé un invitado a quien
reciban con gusto. Gavin ya sabe todo eso. Él tan solo
quisiera que su madre pusiera en marcha el auto para
llegar rápido a la casa de Richard.

Ocho
El regreso de la bici

Cuando Gavin y su madre llegan a la casa de Richard, todos están en el patio trasero jugando básquetbol: el padre de Richard, su hermano Darnell (que está en quinto grado en la Primaria Carver), su hermano Jamal (que está en la escuela media) y su hermano mayor, Roland (que está en la secundaria). *¿Por qué no puedo cambiar a Danielle por tres hermanos?*, se pregunta Gavin. Eso sería genial. Lástima que no pueda hacerse un cambio así.

Gavin se une, y el juego es tan intenso y tan divertido que olvida por qué fue a pasar la noche allí.

Cuando entran, la mamá de Richard los espera con pizza. Tres pizzas grandes. Se sientan en la mesa de la sala, y nadie tiene que mirar la última porción de pizza

ni preguntarse quién será capaz de tomarla primero.
Hay mucha. Al final, todos se quedan satisfechos.

● ● ●

—Levántate, Gavin. Tenemos que hacer esto rápido.

Al principio, Gavin no sabe dónde está. Mira a su alrededor y recuerda. *Ah, cierto*. Se viste rápido. Ya está listo para salir.

Se deslizan por la puerta trasera.

—No es muy lejos —susurra Richard, que guía el camino.

La calle de Richard está desierta. Una camioneta de pronto desciende por la calle y desacelera frente a la casa de al lado. Se detiene. Un hombre sale, se para al final del sendero y arroja al porche un diario doblado. Mira a Richard y a Gavin con una expresión que parece ser de confusión. Recién sale el sol. Debe de estar preguntándose adónde podrían estar yendo dos niños tan temprano. Es un poco raro estar afuera solo con Richard. Ha ido al parque solo con un amigo o dos y ningún adulto, pero esto es diferente.

—Vamos —dice Richard—. Tenemos que apresurarnos.

● ● ●

Resulta ser que el apartamento en donde vive Keops tampoco está muy lejos del parque. De hecho, Gavin ya ha pasado por ese edificio muchas veces. La calle está en silencio. Gavin y Richard echan un vistazo alrededor para asegurarse de que nadie los esté viendo. Dan la vuelta hacia el costado del edificio en donde se encuentra el contenedor de basura. Es fácil ver la bici, aunque está casi toda tapada por un cartón grande doblado al medio.

—¿Por qué no la guarda en el apartamento? —se pregunta Gavin en voz alta.

—¡Tal vez su padre ni siquiera sabe acerca de la bici! Sip, ¿cómo podría simplemente aparecer en  la casa con una bici? —Richard se ríe por lo bajo—. "Hola, papá... ¿mira lo que encontré?".

—Pero entonces, ¿dónde consiguió el aerosol de pintura naranja?

—Tal vez ya lo tenía —dice Richard—. Tal vez es uno de esos niños que siempre escriben en las paredes con aerosol.

Richard arranca el cartón, y ambos observan la bici naranja unos segundos. Entonces, Richard empuja la pata de la bici con el pie y sale apurado con la bicicleta por la calle lateral en dirección a la calle; Gavin lo sigue de cerca. Gavin se queda mirando la bici. Desearía montarla, pero Richard está a pie, por lo que Gavin tendrá que esperar a estar camino a casa.

En cuanto vuelven a la casa de Richard, Richard pone la bicicleta naranja en el jardín trasero. Más tarde, Gavin ya verá qué hacer. Necesita tiempo para decidir qué les dirá a sus padres. A ellos podría no gustarles la idea de que haya ido a escondidas a la casa de Keops y haya tomado la bici. Sin permiso.

Richard y Gavin se deslizan en la casa por la puerta trasera. Richard toma la caja de cereal de canela y dos tazones del armario. Sirve cereales en ambos. Saca la leche del refrigerador y se la entrega a Gavin. Gavin vierte leche sobre su cereal y se abalanza sobre él. No se había dado cuenta hasta ese momento de que tenía mucha hambre. Richard también debe de tener hambre, porque por un rato, ninguno de los dos dice ninguna palabra. El cereal de canela está riquísimo.

—Vamos con nuestras bicis al parque más tarde —sugiere Richard.

—Primero tengo que ir a mi casa y sacarme de encima las tareas.

—¿Cuánto tiempo te llevará?

—Un par de horas.

Richard revolea los ojos.

—Está bien. Llamaré a Carlos y a Calvin para ver si pueden ir también.

○ ○ ○

Gavin se siente un poco extraño. No puede siquiera decir bien qué es. Y no es solo que el casco de Roland (que le prestó a Gavin para que fuera hasta su casa) no sea del talle adecuado. Hay algo en el asiento de la bicicleta. No le resulta familiar. Y... ¿el manillar está un poco más alto de lo que él recuerda? Sacude la cabeza. Es probable que sea solo su imaginación.

Cuando Gavin llega a su casa, todavía es lo suficientemente temprano como para caminar con la bici por el jardín trasero sin que lo descubran. La esconde detrás del cobertizo haciendo el menor ruido posible. No puede creer lo fácil que ha sido recuperar su bici. Por supuesto, sus padres no lo verán de la misma manera.

Ellos pensarán que no fue tan buena idea ir a la casa de Keops y simplemente... robar la bici para recuperarla.

De pronto, se le ocurre que no puede reunirse con sus amigos en el parque para ir a andar en bici. No va a poder montar esa bicicleta al aire libre hasta que no les explique las cosas a sus padres. Es su bici, pero a sus padres no les va a gustar la manera en que la ha recuperado.

Gavin comienza a hacer sus tareas con la cabeza llena de pensamientos abrumadores. Mientras barre el porche delantero, vuelve a pensar en la bici naranja detrás del cobertizo... y la extraña sensación en el asiento. Tal vez el peso de Keops le hizo algo. No, no es muy probable. Keops es un niño delgadito. Su peso no le habría hecho nada.

Pero es algo más que eso. La bici no se siente como la bici que él recuerda. Hay otra cosa más que es distinta.

—¿Qué estás haciendo?

Es Danielle, de pie en la puerta de entrada con una mantecada de mora en la mano. Y pensar que él había pensado que se habían acabado todas las mantecadas. Había buscado el paquete especialmente en cuanto regresó a la casa.

—¿De dónde sacaste esa mantecada? Pensé que no había más.

—¡Ja! Ya quisieras saberlo…

—¿Estás escondiendo mantecadas en tu habitación?

Danielle ignora la pregunta y vuelve al tema en cuestión.

—Estás ahí parado con la escoba y tienes una expresión rara. ¿Qué pasa?

—Nada. Solo estaba pensando en algo.

—¿Tú, pensando?

Ella se ríe, le da un gran bocado a su mantecada y regresa a la casa.

En cuanto Gavin termina con el porche, va hasta el cobertizo para dar una mirada a su bici. Aún está allí. Pero… ¿de qué sirve una bici si no puedes montarla? No puede montarla para ir a la escuela. Keops diría que es suya. No puede ir con ella hasta el parque, porque no les ha dicho a sus padres que fue a la casa de Keops y la "recuperó" robándola.

La bici tiene que quedar ahí: no la puede usar hasta que aclare las cosas.

Gavin suspira. Llegó el momento de ocuparse de su cuarto, quitar el polvo, cambiar las sábanas, limpiar debajo de la cama, pasar la aspiradora. Ah... qué horribles son las tareas del sábado.

● ● ●

—Pásame el puré de papas, por favor —dice Danielle. Ella le sonríe con amabilidad a Gavin, y él de inmediato se pregunta qué está ocurriendo. Danielle solo es muy, muy amable cuando está por hacerle algo malo, de alguna manera. Frunce el ceño y le pasa el puré.

—Y luego pásalo para este lado —dice su padre.

Toda la familia está reunida para cenar en el comedor, incluso la tía Myrtle. Ella se siente mucho mejor y es probable que esté en excelente estado cuando el tío Vestor venga a buscarla dentro de tres o cuatro días, luego de que termine la conferencia. En ese momento, a Gavin se le ocurre algo. Es algo tan extraño, que casi se niega a pensarlo. ¿Y si el tío Vestor tan solo se inventa esas conferencias para escaparse? ¿Tal vez para ir a pescar con amigos?

En verdad, no importa, porque esta vez, Gavin ha

disfrutado de tener a TAM en la casa. Su opinión sobre el asunto de la bici le ha resultado valiosa. A pesar de que le ha sembrado una pequeña duda.

—Gavin —dice Danielle—, ¿piensas ahorrar para una nueva bici?

—Tendré que ahorrar los próximos diez años —dice Gavin.

Su madre sonríe.

—Bueno, al menos ya sabemos qué regalarle para el *próximo* cumpleaños.

—Mira —dice su padre—, por cada dólar que tú ahorres, yo pondré un dólar, y así podrás reemplazar la bici antes. No parecerá tan imposible.

Gavin piensa. Todavía tiene un poco del dinero de su cumpleaños. Pero entonces se saca la idea de la cabeza. Ya se ha olvidado. Él *tiene* una bicicleta. Está detrás del cobertizo. Solo debe decirles a sus padres lo que ha hecho: que recuperó su bici porque es el dueño legítimo. Si lo dice de esa manera, ellos podrían entender.

Su pensamiento se ve interrumpido por la voz de Danielle.

—Pero, ¿y esa bici naranja que escondiste detrás del cobertizo?

Todos se vuelven hacia Gavin. Él deja de respirar. TAM frunce el ceño. También parece haber una expresión de desilusión en su mirada. Tal vez ella pensó que él no seguiría adelante con el plan que él y sus amigos habían preparado.

—¿De qué está hablando Danielle? —pregunta su madre. Sus padres esperan una respuesta.

Gavin examina su plato de guisantes. Cuando alza la mirada, sus padres todavía lo miran y esperan.

—He descubierto quién robó mi bici —les dice Gavin.

—¿Qué? —dicen sus padres al mismo tiempo.

—Fue el niño nuevo, Keops. Él tomó mi bici.

—¿Cómo lo sabes? —pregunta su madre.

Danielle se reclina en la silla con los brazos cruzados.

—Eso —agrega—. ¿Cómo sabes que ese niño tomó tu bici?

Gavin está listo para enumerar los motivos.

—En primer lugar, el día que me robaron la bici, él se fue antes de la escuela. Dijo que tenía una cita con el dentista, pero yo no le creo. Creo que cambió la hora de la cita que aparecía en el papel para poder irse antes y llevarse mi bici.

—Eso es un poco aventurado —dice su padre.

—Sí, es aventurado —concuerda Danielle.

Gavin le echa una mirada fulminante y continúa.

—Al día siguiente, había una bici en el rack de bicis que parecía haber sido pintada con aerosol naranja horrible para tapar el color verdadero. Y creo que era plateado y azul, el color de mi bici. Y tenía los mismos rayos y el mismo asiento y el mismo tamaño. Y era una BMX como mi bici. Además, fue Keops quien llevó esa bici a la escuela. *Mi* bici.

Sus padres lo están mirando como si no pudieran entender todo esto.

—¿Entonces, tú le robaste la bici a él para recuperarla? —pregunta su madre.

—No creo que sea robar si la bici era mía en primer lugar.

—No lo *sabes* —dice su madre. TAM asiente lentamente.

Gavin está en silencio.

—Quiero que lo pienses —dice su padre—. Termina la cena. Quiero que me muestres por qué estás seguro de que esa bici es tuya. De cualquier manera, nosotros, tu madre y yo, tendremos que hablar con los padres de este niño.

—Él solo tiene padre —dice Gavin, más para sí mismo que para los demás.

● ● ●

Luego de cenar, Gavin, sus padres, y por supuesto Danielle se dirigen a la parte posterior del cobertizo para examinar la bicicleta naranja. El padre de Gavin la lleva hasta la luz del porche trasero. Él baja la pata para que la bici se sostenga sola debajo de la luz. Los cuatro la observan.

—Es verdad que este color parece haber sido pintado con aerosol —dice su padre.

—Y es una BMX y es del mismo tamaño que la mía —agrega Gavin.

—De todas maneras, eso no significa que sea tu bici —replica su madre.

—Tal vez él tan solo quería una bici de ese color —dice Danielle.

Gavin le echa una mirada fulminante. ¿Por qué está defendiendo a la persona que robó su bici?

—En ese caso, hubiera comprado una bicicleta naranja —dice su madre.

Danielle abre la boca, pero la voz de su padre la interrumpe.

—Vamos a pensar acerca de esto. Mientras tanto, no montes la bici hasta que podamos hablar con los padres del tal Keops.

—Él vive solo con su padre.

—¿Tienes su número de teléfono? —pregunta su padre.

—No. Puedo conseguirlo el lunes.

Su padre suspira.

—No me siento cómodo esperando hasta el lunes para resolver esto. Toma tu chaqueta, Gavin. Tú sabes dónde vive. Podemos ocuparnos de esto ahora.

—Esperen hasta el lunes —dice la madre de Gavin—. Así tendrán tiempo para pensar la mejor manera de abordar la situación.

Su padre parece estar considerando la sugerencia. Por fin, dice:

—Está bien, el lunes.

Nueve
Ocurrió algo horrible

El lunes, los alumnos de la Sala Diez están formados en su área cuando Gavin ve a Keops que cruza lentamente el patio. Gavin, Richard, Carlos y Calvin se miran entre sí. Hay algo en los hombros caídos de Keops y en la manera lenta de andar que les indica que él ha descubierto que "su" bici ha desaparecido. Gavin y sus amigos se vuelven a mirar entre sí.

Keops se suma a la fila y se queda allí, quieto. Por lo general, él tiene un libro en la mano que abre para leer mientras todos esperan a la señora Shelby-Ortiz. Esta vez él solo mira hacia adelante, con una mirada inexpresiva. Cuando la señora Shelby-Ortiz llega para llevar a la clase, Antonia, que está detrás de Keops, debe darle un empujoncito para que avance.

Cuando están en la Sala Diez, él guarda sus cosas en el casillero, va a su escritorio, se hunde en la silla y se queda sentado allí como si estuviera en su propio mundo. Gavin termina con su casillero y toma asiento. Mira el tema del diario de la mañana y se alegra al ver que es tema libre. Gavin se siente aliviado. Por lo general, los lunes por la mañana escriben sobre sus fines de semana. Tal vez la señora Shelby-Ortiz lo haya olvidado. Quiere escribir sobre su bicicleta robada otra vez. Cómo se sintió al recuperarla. Piensa dejar de lado el hecho de que se la sacó a Keops.

Como siempre, Keops se ha dispuesto a trabajar y escribe en su diario sin parar. Gavin echa un vistazo y casi siente pena por él. Como siempre, Keops parece tener mucho que decir. Sigue incluso después de que la señora Shelby-Ortiz les dice que se detengan.

—Dejen de escribir —dice ella. Luego dice:

—Bueno... Hace tiempo que no compartimos. ¿Alguien quiere compartir lo que ha escrito en el diario de la mañana?

Keops alza la mano con rapidez. La señora Shelby-Ortiz parece algo sorprendida. Keops tiene una mirada tan resuelta, que es probable que ella sienta que debe elegirlo.

—Está bien —dice—. Puedes leer lo que has escrito, Keops.

Algunos niños están hablando, y Keops se pone de pie y espera con la boca cerrada. Parece capaz de esperar un año si es necesario.

—Todos callados y presten atención a Keops —dice la señora Shelby-Ortiz.

Cuando por fin están callados, él comienza:

—Querido Diario de la Mañana: El sábado fue el peor día de mi vida.

Todos dejan de hacer alboroto y se vuelven hacia Keops para prestarle toda su atención.

—Tengo que contar algo primero. Bueno, yo siempre quise tener una bici, pero nunca había suficiente dinero para que me compraran una. Vivo en un pequeño apartamento de un ambiente con mi padre. Él hace pequeñas chambitas, así que solo hay suficiente dinero para comida y alojamiento. La semana pasada fue mi cumpleaños, y mi padre me sorprendió con una bici BMX usada. Yo estaba muy, muy feliz. Había un solo problema. Era de color rosa. Porque era una bici de niña. Y era de la hija de nuestra vecina, que es grande ahora. O está en la secundaria. Yo estaba contento, de todas formas, y mi papá dijo que solucionaría el tema del color. Él compró pintura en aerosol y la pintó de naranja, que no era el mejor color, pero era el que estaba en oferta.

Gavin comienza a tener un horrible presentimiento.

—Ahora, déjame que te cuente cómo me sentía al montar mi bici. Sentía que era libre. Sentía que volaba y que podía ir a cualquier lugar del mundo. Estaba muy feliz. Tuve que dejar mi bici detrás de un gran contenedor de basura y esconderla debajo de un cartón porque nuestro apartamento es tan pequeño que la bici habría ocupado mucho espacio. El sábado, mi papá me dijo que podía ir hasta el parque en bici, y estaba muy feliz y me sentía muy afortunado. Y yo estaba contento porque mi padre había conseguido un buen trabajo en la tienda Alimentos Saludables: Simplemente Delicioso. Fui a buscar la bici del lugar en el que la había escondido...

Keops se detiene, y pareciera estar esforzándose por no largarse a llorar. La horrible, tremenda sensación que tiene Gavin está empeorando. Espera que Keops no se largue a llorar. Él observa a Richard quien está con la mirada hacia abajo, hacia su regazo. Carlos tiene el ceño fruncido, y Calvin está mirando fijamente a Keops con la boca y los ojos muy abiertos.

Por fin, Keops se recobra y continúa.

—No estaba allí. Busqué en toda la calle lateral. Mi papá bajó y me ayudó a buscar. Había desaparecido. Alguien la había robado. Para esa persona, no significaba nada, pero para mí, esa bici era todo. Tal vez cuando crezca y tenga trabajo pueda comprar otra bici, pero no va a ser como mi primera bici. Aunque haya sido rosa alguna vez y mi papá haya tenido que pintarla con pintura en aerosol de oferta.

La clase se queda en silencio unos segundos cuando Keops termina. La señora Shelby-Ortiz también está callada. Todos parecen estar pensando en lo que escribió Keops. Entonces, Deja comienza a sacudir la mano hasta que la señora Shelby-Ortiz le da la palabra.

—¿Deja?

—¿Y esa barra que tienen las bicis de los varones? La gente se daría cuenta de todas maneras de que no es una bici de varón sin una de esas barras.

Keops la observa unos segundos.

—Tenía la barra. La única razón por la que las bicis eran diferentes antes era porque las niñas usaban vestidos. Las bicis sin barras servían para las niñas que usaban vestidos. Las niñas ahora ya no suelen usar vestidos como antes.

Rosario levanta la mano y la agita hasta que la señora Shelby-Ortiz le da la palabra.

—Señora Shelby-Ortiz, yo creo que la horrible persona que robó la bici de Keops debería ir a la cárcel. Creo que la persona que tomó tu bici, Keops, es la persona más horrenda que haya existido. En ese momento, su voz se quiebra, y a Gavin le parece que está a punto de llorar también. Él traga saliva.

Richard mira a Gavin con los ojos muy abiertos. Nota que Carlos y Calvin también lo están mirando.

Keops se sienta, y la señora Shelby-Ortiz camina hasta él y le coloca la mano en el hombro.

—De verdad, lamento mucho lo que te ha ocurrido.

Keops solo mira hacia delante.

○ ○ ○

—¿Qué debemos hacer? —le dice Carlos a Gavin en el recreo. Los amigos de Gavin se han reunido en la cancha del cuatro cuadras, pero nadie está jugando.

—Tenemos que devolverla —dice Gavin.

—Pero tal vez no sea la bici de Keops —replica Richard—. Este podría ser un gran cuento suyo. Ya saben que miente.

Gavin sacude la cabeza.

—No creo que esté fabulando esta vez.

○ ○ ○

Recién cuando Gavin está caminando hasta el auto de su madre, recuerda que no le ha pedido el número a Keops. En cierto modo, lo hizo a propósito. Keops se preguntaría por qué querría su número de teléfono, ¿y qué podría decir Gavin? ¿Que él es quien tomó la bici de Keops, pensando que era la suya?

—¿Tienes el número? —pregunta su madre.

—He olvidado pedirlo.

—Suerte explicándole eso a tu padre...

● ● ●

En cuanto llegan a la casa, Gavin va directo al cobertizo. Toma la bici, la para y la examina. La mira con mucha atención. ¿Podría haber sido rosa alguna vez, debajo de ese naranja horrible? ¿Podría Keops haber inventado toda esa historia de que su padre le compró la bici usada a una vecina y que era por su cumpleaños?

Entonces lo ve. Un pequeño punto. Una mancha, en verdad, en donde la pintura naranja parece delgada.

Mueve la bici para ver la mancha con la luz del sol. Rosa. Suspira y siente un retorcijón en el estómago. Le ha robado la bicicleta a Keops. Tiene que devolverla. Y tiene que hacerlo lo antes posible.

Pero ¿cómo?

Richard viene a jugar básquetbol más tarde. Tal vez

pueda ir con él. Después de todo, de alguna manera, fue Richard quien lo metió en esto.

Cuando llega Richard, Gavin lo lleva a la parte posterior del cobertizo para mostrarle la mancha en donde se puede ver el color rosa que está debajo del naranja.

—Mira —le dice, señalándola.

—¿Qué? —dice Richard, entrecerrando los ojos.

—¿No ves el rosa debajo del naranja?

Richard mira más de cerca.

—Puede ser —dice luego de un rato.

—Admítelo, Richard. Es rosa —insiste Gavin.

Richard vuelve a mirar.

—Supongo.

—Tenemos que devolverla.

—¿Cuándo? —pregunta Richard.

—Hagámoslo ahora. Espérame adelante. Tengo que pedir permiso... y tengo que tomar algo.

Diez
El papá de Keops

Gavin entra arrebatadamente para pedir permiso a su mamá y se topa con su padre, que entra por la puerta principal.

—¿Cuál es el apuro? —pregunta su padre.

—Olvidé pedirle el número a Keops, papá, pero ya sé que la bici naranja es de él. Gavin suspira.

—¿Estás seguro? —dice su padre, mirándolo con atención.

El rostro de Gavin enrojece por la vergüenza y el bochorno.

—Sí —dice en voz baja.

—Ve a devolverla, entonces —le ordena su padre—. Y pídele disculpas por haber sacado conclusiones adelantadas y haber tomado algo que no te pertenece.

—Está bien —dice Gavin, y entonces sube las escaleras corriendo para buscar eso que necesita. Luego, sale.

○ ○ ○

—Acabo de pensar en algo —dice Richard mientras caminan hacia el deteriorado edificio de apartamentos donde vive Keops. Gavin no había querido ir en bici a la casa de Keops, por lo que Richard dejó la suya en el patio de Gavin—. No sabemos en qué apartamento vive.

Gavin sube las escaleras del frente en primer lugar y mira el panel de los timbres. Cada uno tiene un nombre debajo, pero ninguno dice "Grundy".

—No veo el apellido de Keops —dice Gavin—. Es Grundy, ¿verdad?

—Sip —dice Richard.

—Bueno, acaban de mudarse. Tal vez no han estado aquí el suficiente tiempo como para poner su nombre en el timbre —razona Gavin.

—Solo hay seis —señala Richard—. Bueno... llama a todos.

Gavin se encoge de hombros.

Nadie responde en el primer apartamento. Una

mujer que suena a persona mayor atiende el segundo
timbre, pero ella no logra comprender del todo la pregunta de Gavin cuando él le dice:

—¿Keops vive allí?"

—¿Quién? —dice ella.

—No importa —dice Gavin.

Llama al tercer timbre, y
responde Keops.

—¿Quién es? —dice él.

Gavin se detiene. Se siente
inhibido.

—Gavin... y Richard —responde
rápido.

—¿Gavin? ¿Y Richard? —Keops
parece sorprendido.

—Sip, y Richard.

—Ah...

Se hace un momento de silencio.

—Te hemos traído algo.

Más silencio. Entonces dice:

—¿Qué?

—Tu bici —dice Gavin.

Más silencio. Gavin mira por encima del hombro a

Richard. Esperan que Keops diga algo. Entonces, oyen sus pisadas que bajan por la escalera del edificio. Por fin, la puerta se abre y allí está Keops, con jean y playera. Divisa su bici, y se queda con la boca abierta. Baja los escalones del frente con lentitud. Camina hasta la bici que Richard sostiene y pasa la mano por el asiento.

—No puedo creerlo —dice casi en un susurro—. No puedo creerlo. —Él mira a Richard y a Gavin—. ¿Dónde la encontraron?

De pronto, Gavin siente miedo. ¿Qué pensará Keops cuando le diga que fue él quien la robó? Entonces, se abre la puerta del frente y sale un hombre que se parece a Keops, solo que tiene la cabeza llena de largos bucles y un aro en una oreja.

—¿A quiénes tenemos aquí?

Keops lo mira y dice:

—Ellos son compañeros de mi clase. Me trajeron mi bici.

—Ya veo. ¡Gracias! ¿Han descubierto quién la tomó?

Gavin traga saliva con dificultad.

—Sí.

—¿Quién? —pregunta el padre de Keops, todavía sonriente.

—Yo la tomé —dice Gavin.

—Nosotros la tomamos —agrega Richard.

El padre de Keops frunce el ceño e inclina la cabeza hacia un lado. Keops se queda con la boca abierta.

Gavin no sabe bien cómo explicar que tienen la bici de Keops.

—Pensamos que él me había robado la bici —dice con timidez.

El padre de Keops frunce aún más el ceño y parece confundido. Los cuatro se quedan allí parados.

—Pasen, así pueden explicarme todo —dice por fin el papá de Keops. Keops toma la bici de las manos de Richard, luego parece no saber qué hacer con ella.

—Ah... —dice Gavin—. Te traje esto. Le extiende su flamante candado de bicicleta, el que nunca usó. Keops puede quedárselo. Gavin no lo necesita por ahora.

Keops lo mira sorprendido.

—Gracias —dice en voz baja. Toma el candado y encadena la bici a la barandilla junto al primer escalón. Todos entran al edificio.

○ ○ ○

El apartamento de Keops es extraño. Es básicamente una habitación con una pequeña zona para la cocina, dos camas individuales en las esquinas, un sofá y cuatro estantes altos repletos de libros. Gavin y Richard se paran en el medio y miran alrededor.

—Tomen asiento —dice el padre de Keops—, y comiencen desde el principio.

Gavin les cuenta sobre su bici desaparecida y una bici que apareció en el rack de bicis al día siguiente y que parecía estar pintada para ocultarla.

El padre de Keops, de hecho, sonríe.

—Es un error lógico, supongo —dice él.

Gavin se siente un poco aliviado. En ese mismo momento, decide que el padre de Keops le parece simpático. Y también Keops le parece simpático.

—Así que no tienes bici —observa el papá de Keops.

—Y mi padre dice que tendré que ahorrar para comprar una nueva. Pero él dijo que pondrá lo mismo que yo ahorre, así que supongo que no me tomará tanto tiempo.

—Imagino que es algo por lo que vale la pena esperar —dice el padre de Keops.

● ● ●

En el camino a casa, Gavin tiene renovadas energías.

—Tomemos nuestras patinetas y vayamos al parque —le sugiere a Richard cuando llegan a su casa.

Richard está de acuerdo.

—Calvin y Carlos estarán allí. Dijeron que tenían ganas de andar en patineta hoy. —Gavin suspira aliviado. Es como si le hubieran quitado un peso de los hombros. Otra vez está sin bici, pero la idea de probar nuevos trucos en el parque de patinetas ocupa todo su pensamiento.

Su padre está en el sofá mirando golf cuando Gavin entra y se dirige a las escaleras.

—¿Le regresaste la bici a su dueño legítimo?

—Sí —dice Gavin. Está parado en la puerta—. Y todo salió bien. Su padre fue muy amable. Y comprensivo, también. Y le di mi candado a Keops para que no tenga que esconder su bici debajo de un cartón detrás del contenedor de su edificio.

—Ese fue un buen gesto de tu parte —dice su padre.

Ahora Gavin se siente muy bien. Ya no se siente como esa persona horrible que Rosario quería enviar a la cárcel. Otra vez se siente verdaderamente él.

● ● ●

TAM también está orgullosa de él. Ella se lo dice en la mesa a la hora de la cena esa noche.

—¿Ves cómo puedes estar muy seguro de algo y, sin embargo, equivocarte? —agrega ella.

—Sip, ¿lo ves? —repite Danielle, y luego mira a la tía Myrtle como si de pronto deseara complacerla.

La tía Myrtle la mira con una ceja alzada.

—Seguro estarás aliviado —desliza su madre.

Gavin sonríe, pero luego baja la mirada hacia la montaña de puré de nabos que hay en su plato. ¿Cómo logrará hacer bajar toda esa montaña de nabos? Él toma un pequeño bocado y por poco tiene arcadas. Traga rápido un poco de leche. Todavía le quedan unos diez bocados más. Espera tener suficiente leche.

—¿Sabes qué? —dice la tía Myrtle. Todos la miran—. Voy a sumarme a la propuesta de tu padre de agregar dinero a tus ahorros. Yo pondré lo mismo que él ponga.

Gavin no sabe exactamente cuánto representa eso, pero le parece que es algo bueno.

—Gracias TA... quiero decir, tía Myrtle.

—Tendrás suficiente dinero para una bici nueva muy pronto.

Once
Misterio resuelto

En cuanto Gavin sale deslizándose del auto de su madre y llega hasta el área de formación a la mañana siguiente, Deja camina hasta él y dice:

—Escuché que fuiste tú quien le robó a Keops su bici.

—Eso —dice Rosario, que se une—. ¿Cómo pudiste hacerle algo así a Keops?

Gavin abre la boca para decir algo. En primer lugar, ¿cómo se enteró? Tal vez Keops se lo contó, sin darse cuenta de cómo lo tomaría Deja. Richard se acerca y rápidamente interviene.

—Yo lo ayudé a tomar la bici, y solo la tomamos porque le habían robado la bici a Gavin y pensamos que Keops era el ladrón.

—¿Por qué no le preguntaron a él, simplemente? —pregunta Deja.

Calvin llega caminando en ese momento.

—¿Y a ti qué te importa? —pregunta él.

—Eso —concuerda Richard—. De todas maneras, en cuanto supo que la bici en verdad era de Keops, se la devolvió. Así que ocúpate de tus asuntos.

Deja comienza a decir algo, pero rápidamente se da vuelta y va a la fila.

La señora Shelby-Ortiz viene... y trae su cuaderno.

La maestra acompaña a los alumnos hasta la Sala Diez. Ella los hace permanecer en fila justo fuera de la puerta de clase hasta que decide que ellos están listos para entrar en silencio. Algunos han comenzado a hablar y a hacer alboroto.

Cuando todos se han calmado, ella se hace a un lado. Los alumnos entran. Algunos van hasta sus casilleros para guardar sus mochilas, algunos cuelgan las mochilas en las sillas. Gavin observa a sus amigos poner los cascos de las bicis en los casilleros. Suspira. Supone que así tendrá que sentirse (triste y decepcionado) el resto del año... hasta que pueda ahorrar lo suficiente para una bici nueva.

En cuanto todos están sentados y sacan sus diarios de la mañana, Rosario alza la mano.

La señora Shelby-Ortiz alza la vista del cuaderno y le da la palabra.

—Señora Shelby-Ortiz, sabemos quién robó la bici de Keops. Rosario mira hacia donde está Gavin, aparentemente feliz y contenta por poder informarlo.

A Gavin se le paraliza el corazón.

Antes de que la maestra pueda decir palabra alguna, Rosario lo suelta.

—¡Fue Gavin quien robó la bici de Keops, señora Shelby-Ortiz!

—¿Qué? —la señora Shelby-Ortiz se vuelve hacia Gavin con expresión de asombro—. ¿Es verdad, Gavin?

—Sí, pero solo porque pensé que la bici era mía.

La señora Shelby-Ortiz sacude la cabeza.

—No entiendo.

—Verá, alguien robó mi bici, y cuando Keops trajo su bici a la escuela, se parecía mucho a la mía, solo que de color naranja, pero yo podía ver que el color estaba pintado con aerosol sobre otro color, así que pensé que la bici era mía. Respira profundamente.

—¿No podías simplemente haberle preguntado a Keops sobre su bici?

—No pensé que fuera a decir la verdad, porque... —Gavin se detiene y mira a Keops—. Bueno, porque sí.

Deja interviene.

—Porque a veces él no dice la verdad, señora Shelby-Ortiz. Como cuando dijo que hablaba sueco, pero eso no sonaba a sueco de verdad para mí.

La señora Shelby-Ortiz la interrumpe.

—Hmmm... no lo sabemos. Ninguno de nosotros habla sueco, así que no acusemos a Keops de no ser sincero.

Keops parece tener una mirada un tanto esquiva mientras baja un poco la cabeza.

—Y luego eso de la escuela de genios, señora Shelby-Ortiz —agrega Antonia—. Jamás nadie ha escuchado sobre una escuela de genios.

Ella mira a Keops con interés. Él está ocupado

toqueteándose una uña.

La maestra suspira.

—Suficiente charla. Pon-
gámonos a
trabajar. —
Ella aplaude una

vez—. Bueno, me alegra que todo
se haya aclarado. Y lamento que te
hayan robado la bici, Gavin. Tal vez
recibirás otra. Esperemos que sí.
Es hora de trabajar con nuestros
diarios de la mañana.

● ● ●

Otra vez, la madre de Gavin está esperándolo mientras él baja pesadamente los escalones del frente de la
escuela. Ella agita la mano con alegría, y él sabe que
está intentando ponerlo de buen humor.

En silencio, hacen el recorrido en auto hasta
la casa. En cuanto estacionan en la entrada, Gavin
sale y sube los escalones de atrás y va a la cocina.
Se lava las manos en el fregadero y abre el refrigerador para echar una mirada. Nada le gusta. Cierra
la puerta del refrigerador y va hasta el armario

en donde están guardados los bocadillos.

—No, no, no —dice su madre detrás de él—. Come una manzana.

Gavin suspira. ¿Podrían empeorar aún más las cosas?

● ● ●

En la mesa, a la hora de la cena, sigue de mal humor. Por suerte, no hay nada tan repulsivo en la mesa. Mazorca de maíz, pollo asado y ejotes. Bueno, puede ser que sí tenga problemas con los ejotes.

Danielle está ocupada intentando conseguir permiso de su madre para pasar la noche en casa de su mejor amiga el sábado. Gavin espera que su mamá le dé permiso. Una noche sin Danielle en la casa es el paraíso.

Justo cuando su madre abre la boca para hacer las típicas preguntas, suena el timbre de la puerta. Todos se miran entre sí. Su padre frunce el ceño y se pone de pie para ir a ver quién es.

Pronto, Gavin oye la voz de un hombre que pareciera estar explicando algo. Escucha a su padre decir "ajá" una y otra vez. Luego, su padre hace una exclamación de sorpresa.

—Gavin, ¿puedes venir, por favor? —llama él.

Danielle, que no quiere quedarse afuera, lo sigue. La puerta del frente está abierta y hay un hombre desconocido... ¡con la bici de Gavin! ¡La BMX plateada y azul de Gavin! Él no puede creer lo que ve. ¿Es esa realmente su bici?

—Mi bici... —logra decir Gavin en un susurro.

—¿Podría contarle a mi hijo lo que acaba de contarme? —pregunta su padre.

—Claro —dice el hombre—. Bueno, soy el padre de Robert Turner. Se acerca y estrecha la mano de Gavin.

Gavin sabe quién es Robert Turner. Es un niño de quinto grado. Está en la clase de Gregory Johnson.

—Y como puedes ver, tengo tu bici.

El padre de Gavin sonríe.

—Permíteme explicar —continúa el papá de Robert Turner—. La semana pasada, llamaron a mi esposa de la escuela diciéndole que Robert estaba en la enfermería con síntomas de gripe. Ella fue corriendo a la escuela, lo recogió y lo llevó directo al doctor. En efecto, tenía gripe. Está en cama ahora mismo.

Gavin mira a su padre y ve la gran sonrisa en su rostro.

—Llegué más temprano a casa y supuse que Robert había ido en bici a la escuela ese día, así que pasé por la escuela y tomé la bici y la llevé al garaje, en donde debe guardarse. O eso creía yo. Robert siempre deja su bici en el patio, y yo siempre le digo que tiene que dejarla en el garaje o al menos recordar encadenarla... bueno, no importa. De todas formas, pensé que la bici que puse en el garaje era la suya, pero todo ese tiempo su bici había estado en las escaleras de atrás. Hoy descubrí que la bici que estaba en el garaje no era su bici. —El señor Turner se golpea la frente—. Robert averiguó a quién le pertenecía. Su amigo... cuyo hermanito está en tu clase... le dijo de quién era. —Se vuelve hacia Gavin y le dice sonriendo: —¿Has perdido una bici?

Gavin está tan abrumado que casi no tiene palabras. Ahora sabe exactamente cómo se sintió Keops cuando le devolvieron su bici. Por fin, dice:

—Sí. Pensé que alguien la había robado.

El padre de Robert se ríe.

—Supongo que ese "alguien" fui yo. Aunque yo no sabía lo que estaba haciendo... que me estaba llevando la bicicleta de otra persona.

Gavin se acerca a su bici y pasa la mano por el

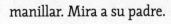

manillar. Mira a su padre.

—Ahora no tengo que ahorrar para una bici nueva.

—Así parece —coincide su padre.

—Solo tengo que ahorrar para comprar un nuevo candado.

Su madre y TAM aparecen de pronto en la puerta junto a Danielle y miran la bici, atónitas.

Por fin, TAM pregunta:

—¿Esa es la bici que te robaron?

—No la robaron —dice Gavin.

—Hubo un pequeño malentendido —agrega su padre.

Su papá y el señor Turner estrechan las manos de nuevo, y luego el hombre se dirige hacia su auto.

—¿Quién era? —pregunta la madre de Gavin.

—El padre de un chico de la escuela que tomó la bici de Gavin por error, pensando que era de su hijo.

—Guau —dice Danielle—. Qué confusión.

Y es curioso... ella en verdad no parece estar hablando con su habitual sarcasmo. Una vez en la vida.

Gavin da vuelta a la casa con la bici y sube con ella los escalones del porche trasero. Baja la pata de la bici y luego se aleja unos pasos y la observa. ¡Ha recuperado su bici! Casi no puede creerlo. Tiene una enorme sonrisa y de pronto se frena. Todavía tiene que comer esos ejotes.

Danielle asoma la cabeza por la puerta.

—¿Vas a ir en bici a la escuela mañana?

—No, hasta que no consiga un candado, no.

—¿Vienes?

—En un minuto.

Ya tendrá tiempo para ocuparse de esos ejotes. Por ahora, solo quiere disfrutar de estar sentado junto a su bicicleta plateada y azul, y pensar en lo que sentirá cuando vuelva a montarla.

¡No te pierdas el próximo libro de las Crónicas de la Primaria Carver!

Richard y sus amigos están a tan solo cuatro días de marcar un récord por su excelente comportamiento y de ganar una fiesta de pizzas en el aula cuando ocurre el desastre: su adorada maestra se enferma y ocupa su lugar el suplente que es estricto y malo.

¿Se frustrarán sus sueños de una fiesta de pizzas cuando el suplente sospeche que algunos han estado haciendo trampa?

Uno
"Estúpido" no es una mala palabra

Los chicos de la Sala Diez de la Escuela Primaria Carver (excepto Ralph Buyer, quien *otra vez* está ausente) están parados en fila, rectos como soldados, mirando hacia adelante, con las bocas cerradas. Están esperando que la maestra los vaya a buscar al patio. Es lunes, decimosexto día de excelente comportamiento en la formación. Cuatro días más de comportamiento perfecto en la formación de la mañana y tendrán una fiesta de pizzas. Su maestra, la señora Shelby-Ortiz, se lo ha prometido. Y ella siempre cumple sus promesas.

Así que esperan, con los brazos a los costados, sin goma de mascar en la boca, con los labios bien juntos para que no se les escape ni una palabra. Bueno, Richard puede ver que Calvin Vickers mueve los hombros de vez en cuando, algo que entiende perfectamente porque, de pronto, él también se siente un poquitito ansioso.

Richard desearía poder correr en el lugar, al menos un poco. Es difícil mantenerse en esta posición de inmovilidad. Echa un vistazo a las puertas dobles del edificio principal, que están cerradas. Son las puertas por las que suele salir la señora Shelby-Ortiz cuando los va a buscar al patio. La mayoría de los maestros ya han retirado a sus alumnos y van en esa dirección, al frente de sus filas, pero casi todas son filas irregulares, observa Richard.

No son filas derechas. No van en silencio. No todos llevan las manos a los costados. Ve que Montel Mitchell jala del borde de la chaqueta de Brianna. Ella se da vuelta y le grita algo, y su maestra continúa dirigiéndolos hacia el edificio principal como si ni siquiera se hubiera dado cuenta.

A Richard se le escapa una pequeña carcajada. Está feliz de que la Sala Diez haya superado a todas las demás filas durante los últimos dieciséis días. Está feliz de haber hecho su contribución. La pequeña sonrisa de su rostro se congela cuando, de pronto, escucha que alguien habla entre dientes. Es Yolanda.

—¿Qué estás *haciendo*? —susurra ella.

—Nada —responde él, también en un susurro.

—No estás bien derecho, y puedo escuchar que te estás riendo de algo.

Él se pone bien recto.

—Sí estoy bien derecho.

Esto llama la atención de Antonia, la "santita" de la clase, y ella les dice con una voz un poquito más elevada que un susurro:

—No deberían estar hablando. ¿Pueden *callarse la boca*, por favor?

Entonces Carlos, quien está adelante de ella, se mete:

—Uy, ¡dijiste una mala palabra!

Se da vuelta casi del todo para darle su opinión cara a cara.

—No dije una mala palabra —replica Antonia con su voz normal—. Es solamente una mala palabra en la escuela. Fuera de la escuela, nadie piensa que *callarse la boca* sea una mala palabra.

Deja se incorpora a la charla, pero mantiene la cabeza hacia adelante y habla en voz baja.

—Estamos en la escuela. Por eso *callarse la boca* sí es una mala palabra.

—Y también *estúpido* —agrega Nikki—. No se olviden de *estúpido*.

—No en el mundo común —responde Antonia. Luego exhala un largo, largo suspiro, mientras cierra los ojos y lleva la cabeza un poco hacia atrás, como si necesitara de toda su paciencia con sus compañeros.

—La palabra *estúpido* en sí misma no es una mala palabra. *Llamar a alguien* estúpido es lo que hace que *estúpido* sea una mala palabra —dice Nikki.

Carlos mira hacia las puertas cerradas del edificio principal y luego dice en voz alta:

—¿Pueden parar de hablar? ¡Nos quedaremos sin fiesta de pizzas!

Al escucharlo, todos se quedan en silencio. Vuelven a comportarse perfectamente en la fila: se paran bien derechos y miran hacia adelante. Entonces, del otro lado del patio, ven abrirse las puertas principales. No es la señora Shelby-Ortiz, se sorprende Richard. Es el señor Blaggart, el suplente que habían tenido cuando la señora Shelby-Ortiz se había quebrado el tobillo.

Era *malo*. Había sido como un castigo por haber ahuyentado al primer suplente, el señor Willow, que era mucho más bueno.

Richard recuerda algunas de las travesuras que habían hecho. Había sido idea de Carlos dar saltitos mientras leía en voz alta. Y fue Ayanna quien decidió leer en voz tan baja que nadie pudiera escucharla. Él no recuerda de quién había sido la idea de que un grupo de chicos tuviera un ataque de tos durante la lectura silenciosa, pero sí está seguro de que fue Rosario quien les había dicho a todos que se sentaran donde quisieran. Y que cambiaran todo el tiempo sus nombres para que el pobre señor Willow jamás pudiera aprenderlos.

La gota que rebasó el vaso, luego del ataque de tos de la clase, ocurrió después del almuerzo. Un maestro debe de haberle avisado al señor Willow sobre la nota autoadhesiva que decía "¡Patéame!" que Carlos había pegado en la parte posterior de su blazer cuando fue a hacerle una pregunta sobre una tarea de estudios sociales.

Pobre señor Willow. Terminó el día, pero no

regresó. En ese momento, Richard se sintió muy culpable. El señor Willow no se merecía que lo trataran de esa manera.

Al día siguiente, llegó el señor Blaggart. Antes, sargento instructor; ahora, maestro suplente malo, malo, requetemalo. Richard suspira. Quiere decirle algo a Gavin, que está tres lugares más adelante en la fila, pero sabe que conviene no hacerlo.

● ● ●

Cuando la clase entra a la Sala Diez, se puede escuchar el ruido que hace un alfiler al caer al piso. Hay una lista con sus nombres en la pizarra blanca con marcas de conteo al lado de cada uno. Richard mira a Gavin. Gavin se encoge de hombros.

—Creo que debemos lograr que no borre ninguna de esas marcas. Debes mantener tantas como sea posible —murmura.

Richard lo piensa.

—La última vez, no lo hizo.

Los alumnos que tienen permiso para llevar las mochilas al escritorio para colgarlas en el respaldo de las sillas van a sus mesas. Los alumnos que, por decisión de la señora Shelby-Ortiz, no pueden tener las mochilas a mano las colocan en los casilleros. Luego van a sus asientos. *Por un tiempo*, Richard deberá guardar su mochila en su casillero. La semana anterior, la señora Shelby-Ortiz lo había encontrado con un juguete en el escritorio.

—Me pregunto dónde estará la señora Shelby-Ortiz —le susurra Carlos a Richard antes de dirigirse al escritorio con la mochila. *No es justo*, piensa Richard. El juguete era de Carlos. Él le había permitido a Richard "verlo" justo antes de la formación, y Richard no había podido devolvérselo.

—Eso. ¿Dónde *está*? —murmura para sí Richard. Mira alrededor. ¿Y dónde está Keops? Ni siquiera sabe que la Sala Diez tiene un suplente. Y no cualquier suplente.

De repente, el ruido estridente de un silbato interrumpe el silencio profundo. Todos se quedan paralizados en sus lugares. Richard y Carlos se miran.

—Esto de ir a los asientos y tomar los diarios y prepararse está llevando demasiado tiempo.

El señor Blaggart recorre la clase con la mirada, luego camina hasta la pizarra.

—Es evidente que esta clase no recuerda mis

reglas. Vamos a repasarlas. Saquen los cuadernos y más vale que vea un lápiz en cada mano.

Richard nota que Yolanda y Deja se miran, pero mantienen las bocas cerradas. Yolanda escribe algo en un pedazo de papel, lo dobla y lo tira al piso, a sus pies. Con un pie, lo arrastra por el piso hasta la zona donde está el escritorio de Deja. Deja pone el pie sobre el papel doblado. Espera un momento, luego se agacha y lo agarra. Luego lo pone en su escritorio. Lo abre con una mano, lo lee, mira a Yolanda y asiente. Richard se pregunta qué dirá la nota.

La fuerte voz del señor Blaggart interrumpe de nuevo los pensamientos de Richard.

—Veamos mis reglas.

Se da vuelta y sonríe a los alumnos, pero no es una sonrisa genuina. Es una sonrisa amenazante.

Richard busca su lápiz en el escritorio, pero no lo encuentra. Busca con la mano y encuentra montones de bolas de papel, crayones sueltos y... Ahhh... Ahí está la tijera que los chicos de su mesa habían estado buscando el viernes pasado cuando tenían clase de arte.

En la caja donde la mesa guarda el material de arte (tijera, marcadores, crayones, pegamento en barra), faltaba una tijera.

Él la regresa con tranquilidad a la caja y escucha que Yolanda murmura:

—Tú tenías la tijera. Lo sabía.

—Me la quedé *sin querer.*

El señor Blaggart echa una mirada hacia su mesa y se dirige hacia Richard.

—¿Hay algo que quieras compartir con la clase?

—¿Señor? —dice, recordando que así debía decirle luego de haber tenido al señor Blaggart como suplente.

—Veo que estás ocupado hablando, pero no escribiendo. ¿A qué se debe?

Richard no sabe cómo contestar esa pregunta. Por suerte, no es necesario que lo haga porque justo en ese momento entra al aula Keops con una nota en la mano.

El señor Blaggart le echa una mirada y frunce el ceño.

—Llego tarde porque mi padre tuvo un reventón y tuve que caminar, y no pensaba que tendría que caminar —dice Keops de inmediato.

¿No había usado Keops esa misma excusa la semana pasada?, piensa Richard.

Beverly levanta la mano con rapidez, pero logra mantener la boca cerrada hasta que el señor Blaggart la autoriza a hablar.

—Señor Blaggart, Keops dijo que su padre había tenido un reventón en un neumático la semana pasada.

Mira a su alrededor con rapidez en busca del apoyo de sus compañeros. Varias niñas asienten para confirmar que es así. Richard nota que ningún varón la apoya. Mientras la atención de todos está puesta en Keops y en el señor Blaggart, Richard, en un susurro, dice:

—Gavin, necesito un lápiz.

Gavin mira al señor Blaggart mientras busca en su escritorio. Le pasa uno a Richard.

DOS
Algunas reflexiones sobre las reglas

Richard escribe de prisa la fecha en la primera hoja en blanco. Con rapidez, copia lo que el señor Blaggart ha escrito en la pizarra:

1. Siempre diríjanse al señor Blaggart con un "sí, señor" o con un "no, señor" cuando respondan una pregunta por sí o por no.

2. Coloquen la tarea en la bandeja de tareas al ingresar al aula.

3. Terminen la tarea a tiempo.

Richard frunce el ceño. No sabe qué significa "a tiempo" para el señor Blaggart. Para la señora Shelby-Ortiz, significa antes de que termine el día. Si no entregas tu tarea con el resto de la clase, ella te hace trabajar mientras los demás tienen tiempo libre. Es mejor cumplir con las tareas.

—¿Es verdad eso? —pregunta el señor Blaggart a Keops—. ¿También tuviste un reventón la semana pasada?

Richard escribe:

4. Pónganse de pie cuando respondan una pregunta.

Luego espera la respuesta de Keops y sabe que él se sacará una de la manga.

—Nosotros no tenemos mucho dinero. Por eso, el auto de mi padre es muy viejo y tiene neumáticos muy viejos.

Nadie como Keops para lograr que el señor Blaggart sea comprensivo. Piensa.

—Mañana, tráeme una nota de tu padre. No lo olvides.

Con total serenidad, Keops responde:

—No lo olvidaré.

5. Si piden permiso para ir al baño o
a tomar agua luego del recreo de la
mañana, pierden el recreo del almuerzo.
Si piden permiso para ir al baño o a
tomar agua luego del recreo del almuerzo,
pierden el recreo de la mañana del día
siguiente.

6. No deben hablar mientras trabajan.

7. Actividad para el tiempo libre:
lectura.

Richard comienza a levantar la mano, pero vacila. Luego la levanta bien en alto. El señor Blaggart lo mira y, con un gesto de la cabeza, lo autoriza a hablar.

—Señor Blaggart, la señora Shelby-Ortiz nos permite trabajar en el rompecabezas de la clase cuando terminamos nuestro trabajo antes.

—Yo no soy la señora Shelby-Ortiz —dice él simplemente.

Richard también quiere preguntarle cuál es el tema del diario de la mañana, pero ahora duda.

Como si estuviera leyendo su mente, Yolanda levanta la mano.

—¿Qué ocurre? —pregunta el señor Blaggart, mientras se vuelve hacia ella.

En voz baja, ella dice:

—Eh... ¿Nos puede decir cuál es el tema del diario de la mañana?

El señor Blaggart frunce el ceño como si ni siquiera hubiera pensado en un tema para el diario de la mañana. Se encoge de hombros.

—¿Qué tal este? "¿Por qué necesitamos reglas?". Creo que es un tema excelente. ¿Quién está de acuerdo?

Todos se apresuran a levantar la mano.